kill 7 er

殺手

迴光返照的**命運**

火魚，G，燕子，阿樂 領銜主演

九把刀Giddens：編導

殺手
三大職業道德

一、絕不搶生意。殺人沒有這麼好玩，賺錢也不是這種賺法。

二、若親朋好友被殺，也絕不找同行報復，亦不可逼迫同行供出雇主身分。

三、保持心情愉快，永遠都別說「這是最後一次」。

殺手
三大法則

一、不能愛上目標，也不能愛上委託人。

二、絕不透露出委託人的身分。除非委託人想殺自己滅口。

三、下了班就不是殺手。即使喝醉了、睡夢中、做愛時，也得牢牢記住這點

1

我坐在會議桌上，跟七個老頭一起開會，但會議紀錄上沒有半個字，因爲他們在一分鐘前全死光了。我特別喜歡接這種整個殺光抹淨的單——我猜我以前一定是一個非常壓抑的人，所以現在見鬼了特別喜歡解放自己。

是的沒錯，我是一個殺手，至少現在是。怎麼殺光這些老頭的不是一個秘密，反正手法隔天就見報，畢竟現在記者都很敢寫，照片也很敢登，算是詳實地幫我向雇主回報我的工作表現哈哈。

我用的是槍，兩支槍。

大家可能對槍枝有些誤解，覺得雙手各拿一支槍的姿勢很帥，其實呢眞正能夠使用雙槍的槍手非常少，無論怎麼鍛鍊後座力都會影響手腕穩定性，拉低命中率，所以絕大部分的槍手都寧願雙手同時服侍一把槍，一隻手好好托著另一隻手的手腕，只一隻手負責扣扳機，在高命中率下用最少的子彈在最短的時間內完成任務，見鬼了是不是自以爲超專業。

雖然我用雙槍，但不代表我的手腕強壯到無視後座力，而是我比其他殺手更願意花更多時間在開槍上。是是是，或許我以前是一個很吝嗇的傢伙，我是說或許，但至少現在在消耗子彈這件事上我是一個很大方的人，如果我第一顆子彈就走狗屎運射在對方的心臟上，我也很樂意朝他的身上隨便一個部位補上兩槍……或三槍四槍。坦白說子彈不是很貴，但買我扣扳機的代價可不便宜，我覺得在任務內多開幾槍算是另一種敬業表現。

「準備一下。」鬼子的聲音從耳機傳來：「第八個董事的車剛到樓下。」

「嗯。」我陷入短暫的思考，馬上有了新想法：「妳把電梯裡的監視器迴路切斷，等一下我去裡面把他幹掉。」

「就這麼等不及嗎？」

「見鬼了妳照做就是。」

「我可以關掉從走廊到電梯裡的所有監視器，但我可沒辦法控制誰會進電梯。」

「有時候來點變化也不錯。」

話說完的時候，我已經走出會議室，朝倒在門口桌旁的電話秘書身上補了一槍，按下電梯控制鈕，門打開，電梯載著我從三十二樓迅速往下。

電梯門在大樓廳堂打開，我一腳踏出，正好看見資料照片上的第八位公司董事快步走進旁邊的電梯，差點就錯過。我一轉身跟了進去。

如我所預期的，這個講究排場非得用遲到顯示身分的老董事，還帶了兩個高大的保鏢、以及一個一臉刻薄的貼身秘書。電梯裡還有三個脖子上掛了員工識別證的兩男一女。他們今天的運氣實在不太好。

電梯往上，三十二樓。

我在六樓時朝兩個保鏢的肚子各開了一槍，通過八樓時電梯裡只剩下我一個活人。我說過了我是一個大方的人，所以我一路慢慢開槍到十四樓，直到子彈用光。

電梯偏偏在第十五樓打開，一個穿著黑色套裝的老女人呆呆站在電梯口看著滿電梯的屍體，唯一站著的我還沒來得及重新補好子彈送給她。

怎辦？哈哈哈見鬼了我能怎麼辦，我只好勤勞一點走出電梯將她的脖子扭斷然後搭另一台電梯離開大樓，嘴巴裡還哼著我最喜歡的Avantasia的The Scarecrow，很搖滾地撤。

完全符合鬼子爲這次行動所編寫的劇本預期，我在後街那棟百貨公司裡的男廁天花板底下，拿出預藏的一套乾淨西裝換上。西裝口袋裡該有的都有，眞是乏味。

「往曼谷的機票準備好了，三個小時後登機。」鬼子的聲音又出現。

「嘖，我想在首爾多待一個晚上。」我試著打好領帶。

「無所謂，我的掩護已經結束，接下來你自己看著辦。」

「知道了。」我總覺得脖子怪怪的。

「……你這樣隨便製造屍體到底有什麼好處？」鬼子果然又不爽了。

「我只是比別人勤勞一點。」我用力將領帶又拉又扯地解開：「勤勞，懂吧？」

「我們之間無法溝通。」鬼子結束通訊。

我將見鬼了的爛領帶沖進馬桶裡。

我想總有一天我會殺掉那個鬼子。那個賤女人知道我太多事情了，這點一想起來就很毛躁。不過鬼子最擅長的就是操縱情報，說不定她根本就不是一個女人，而是一個用變聲器改變音腔的胖大叔或早熟的天才駭客國中生，如果她稍微專業一點的話我一輩子都不會知道她的眞實身分，只能說她很走運挨不到我大方出清的子彈。

我在百貨公司的咖啡廳，用流利的韓語點了一杯香草拿鐵跟一塊巧克力蛋糕。坐在挨窗的位置，看著一群警察湧進剛剛那棟被子彈重新裝潢過的大樓。

那些騷動都是任務的附加價值，我精神上的戰利品。

嘿嘿嘿也是其他殺手假裝鄙棄的非専業視角。

現在重新自我介紹。

我是一個殺手。

代號，火魚。

2

在動詞的世界裡，殺手是一個沒有未來式的職業。討論未來並不吉利。

但我不僅沒有未來式，我連過去式都搞丟了，只剩下見鬼了的現在進行式。

有人說，人是由記憶構成的。按照這個定義，我只能算半個人吧。

我的前半生留給我的東西不多，最牢靠的遺物便是我心口上的刺青，一條正發出火焰燃燒的紅色鬥魚，我就是依賴這唯一的線索當作我的名字。

說也奇怪，五年前我「忽然醒來」時，我完全忘了我是誰，我忘了我的年紀、名字、念過什麼學校、幹過什麼樣的工作，甚至我的國籍我都不確定，因爲我會說九種語言，流利的英語、義大利語、韓語、泰語跟中文，以及不很流暢的馬來語、閩南語、上海話跟一種柬埔寨的地方話，若非我過去很有語言學習上的熱忱，要不我曾經的工作肯定是一個需要經常旅行的差事。

我擅長游泳裡最困難的蝶式。我會潛水。我知道幾支知名古董錶在佳世得的最新拍賣價格。我熟悉三角函數運算裡的所有細節。我會唱Avantasia搖滾樂團的每一首歌。我喜歡看異形系列的電影，尤其是第四集。我記得每一項足球規則。可現在我連我媽的樣子都想不起來。在那之後我常常找女人做愛，有的要錢，有的不用，但我跟我的老二都不記得五年前我們一起上過了什麼樣的女人。

當然有些特殊的「遺留物」更值得一提。

從我閉著眼睛也能輕鬆分解一把陌生槍枝的身體慣性來看，誰也猜得出我以前也是個活在槍林彈雨中的人，警察、軍人、傭兵、生存遊戲愛好者等等之類的，我的身上有些疑似刀疤或隱隱作痛的彈痕，想必我的身體表層忠實地記憶了過去，但我的精神卻遺忘了一切。

「或許你該慶幸。」

「慶幸？」

「上帝一定是憐憫你的過去，把你扎根在記憶裡的罪孽拔起，讓你可以沒有包袱地活下去。」

記得在慕尼黑的醫院裡，那個剛從學校畢業的精神科醫生是這麼跟我說的。

我很懷疑那精神科醫生是不是搞錯了自己的職業，那些聽起來娘砲要死的台詞理當出自神父的臭嘴，而不是寫在我被規定的診斷報告裡。那是幾年前的事了。

說到上帝，有沒有上帝我當然不清楚。

如果有，我很清楚上帝肯定不是站在我這邊。眞正的罪孽，從我記憶消失後才要開始。

比如說，過去我在一個泰國黑幫大哥底下幹過一陣子集團殺手，就是那種幫會有仇家就叫人拿一張報紙包一把爛槍給你跟你的拍檔、要你們走到酒樓裡、朝裡面講話最大聲的那個豬頭身上轟幾槍那種低級殺手。

喔喔喔喔喔我是幹了幾次，但不管怎樣我都有一種大材小用的感覺，不，是一種老虎被狼差使的墮落感，這不對，這一定不對，我一定不是那種見鬼了的爛貨色。

我得花點時間對著這支錄音筆記錄這一切。

3

既然提到了曼谷黑幫，就從三年前開始說起吧。

那一個晚上，我在曼谷剛下過雨的鬧市街區等著。

都過了那麼久，我當然忘記那晚目標叫啥，姑且就亂叫他「豬頭哥」好了。但他肯定不叫豬頭哥。我們坐在車上吞雲吐霧，假裝是兩個正在挑選路邊妓女的無聊男子，眼睛則不時望向斜對角的那間脫衣舞酒吧。

豬頭哥就在裡面喝酒摸奶等我們進去把他幹掉。

「火魚哥，我想你以前應該是當差的。」

當時跟我一起被幫會雇用的殺手小熹突然這麼說。叫他殺手真是恭維他了。

「當差的？」我看著那間脫衣舞酒吧，門口坐了兩桌有些醉意的保鏢。

「把槍摸得那麼熟，差不多就是當差的了吧？而且還是特勤小組之類的高手，不然，一般條子哪有那麼厲害？是吧？」小熹有些不安地東張西望。

「……我不知道，大概吧。」我瞇著眼，看不清楚酒吧更裡頭的情況。

大家都很喜歡謠傳殺手這一行有多專業，眞是見鬼的狗屎。

那一陣子我在泰國替幫派做事，除了目標今晚大概在哪以外，什麼情報都沒有，有多少保鑣帶多少槍守在目標旁邊都不知道，就知道要我們爆掉他的頭，見鬼了更正確的說法是要我們在自己被幹掉之前想辦法把對方拖下水罷了。

沒人有命做得久，幹這一行的若想存錢規劃未來就跟智障沒兩樣。

當時我跟小熹已經合作過五次了，前一陣子還有一個叫小四的矮個子跟我們一起衝，可上次對方有一大群人，他們在全掛之前還來得及對我們開幾槍，場面很刺激。但也就是因爲太刺激了，小四最後沒運氣跟我們一起走。

我看得出來小熹今晚有些躊躇，他大概是想起了上次的霉運。

這種躊躇往往很要命。

「如果我兩分鐘之內沒有回來，你就走。那樣的話我看你也別回倪佬那裡了。」

我將車窗搖上，將手伸向小熹。

「火魚哥，你……」小熹看起來有些驚訝。

「把你的槍給我。」

「啊？」

「啊什麼？我要殺兩倍的量，你的槍不給我給誰？」

在小熹還沒弄懂之前，我已經接過他的槍，下了車。

其實我根本不在乎小熹是不是會在今晚掛掉，我只是忽然很想擁有他的槍，以及本來應該死在他手上的人。或許我以前就是一個習慣拿雙槍的人，我現在就有這種感覺——我適合雙槍。我可以用這兩把槍殺了脫衣舞酒吧裡的所有人。

我直截了當走進酒吧，那種隨性的步伐連門口那兩桌保鏢都懶得多看我一眼。

在我走進那五顏六色的脫衣舞舞池中的十秒內，我飄來飄去的眼角餘光就確定了豬頭哥不在這裡。附帶一提，音樂很吵很難聽很俗豔，ＤＪ眞的缺乏品味。於是我大步朝廁所前進。豬頭哥多半是在撒尿拉屎或是在馬桶上幹女人，或者三者皆是。

廁所外面有一個在臉上刺青的男人在抽菸，看見我要進去，直接就伸手過來要搜身，看他那副熊一樣的身材，大概也是豬頭哥的保鏢之流。這一點幾乎更確認豬頭哥現在就在洗手間裡。很好。

我舉起雙手，讓他略有酒意的雙手摸向我，在他的手碰到我腰際雙槍的瞬間，他肥膩的脖子也正好被我折斷。我將沉重的他一臂勾住，將他一起拖進廁所。在這之前我不知道我爲什麼會有這種一氣呵成的殺人反應，肯定是「前一世的我」訓練有素。

不費吹灰之力我就找到豬頭哥正在辦事的那一間廁所。

不過我猜錯了，他不是在撒尿也並非拉屎更不是在幹女人，喝醉了的豬頭哥正在馬桶上瘋狂抽插一個濃妝豔抹的男人，兩個人都大吼大叫……嗯，很有泰國情調。

我用子彈向豬頭哥的腦袋道歉，順便叫那一個倒楣的男人陪他上路。

好吧好吧我承認，既然我能夠徒手扭斷熊一樣保鏢的頸子，我猜我當然也可以走過去把那兩個正在交媾的男人徒手給宰了。但我就是忍不住在廁所裡開了槍。我想我很清楚，一旦當我扣下扳機，那槍聲就會讓酒桌上、門口旁一共十幾個保鏢瞬間打起精神。

如我所願的，我走出廁所，那些看起來驚慌失措的笨蛋果然決定跟我對幹。可惜他們實在是很不稱頭又不專業的保鏢，酒精擾亂了他們手上槍枝的準頭，讓我贏得太輕鬆，像作弊一樣製造了幾條雜魚的屍體。

我走出脫衣舞酒吧的時候，還氣定神閒地補好了子彈，免得門外忽然衝出幾個講義氣的白痴我會遺憾漏掉。但什麼意外也沒發生，眞讓我失望。

我走回車上，跟小熹說他回去可以宣稱這件事是我們一起幹的，我無所謂，但我眞的要離開這個沒有前途的兩光幫派。喔不，更正確來說，我想離開泰國。

小熹油門加速，用最快的速度逃離現場。

「離開泰國？」小熹很緊張地看著後照鏡，眞是想太多。

「嗯，說不定哪一天我會回來，不過暫時是這樣了。幹這裡實在太無聊。」

「我操，那我要怎麼跟老大說啊？說你死了？」

「隨便你怎麼說，反正我是不會回去了。」

「……你想去尋找自己的過去嗎，火魚哥？」

「尋找自己的過去？講得那麼文謅謅做啥？丟了就丟了，就算找回來的記憶我也不認識是吧？」我看著窗外擦車而過的警車，他們永遠都是慢兩拍的蠢貨：「反正一定沒有什麼重要的東西。」

「我實在不懂你的想法。」

「好吧，我是有點好奇我的記憶到底是怎麼搞丟的，前一陣子我去醫院照過X光，但醫生說我的腦袋裡沒子彈，也沒有受傷過。眞的是見鬼了夠詭異。」

半個小時後，車子停在一個我看得很順眼的路邊。

下車前我向小熹要了一支菸。

槍我就沒還他了，放在他身上算是浪費。

「小熹，說實話你的槍法爛透了，你只是比一般混混不怕死而已。」

「……早就知道了火魚哥。」

「我走了。」我咬著菸，笑笑：「兄弟一場，別死得太早啊。」

再一次遇見小熹已經是很久以後的事了。

4

當初離開泰國土砲黑幫的時候，我身上只有兩把槍。沒有錢，當然就用這兩把槍找錢。

本來我想靠這兩把槍一路搶劫一路跨過泰緬邊界，到緬甸看看有什麼可以讓我精神一振的機會，但說也奇怪，等我盤纏用盡時我卻無法勉強自己用槍抵著任何一個倒楣鬼的腦袋，逼他把錢吐出來。這不是我賺錢的風格，大概也不是「以前的我」賺錢的風格，某種強迫不來的根性我還不明白。

既然兩把槍有跟沒有差不多，於是，我又開始考慮當搖滾歌手的事。

這一帶沿路都有很多不像樣的公路酒吧，十間有八間都有歌手在裡面夜夜駐唱，有的唱得還行，但也只是還行而已，大部分都爛透了。那些三流歌手看準了大部分的酒客都只是來談生意跟找女人含老二而已，打第一首歌開始就不肯用心唱，一點也沒專業精神，而那些歌手越是隨便唱唱，當然那些酒客也就隨便聽聽，雙方一拍即合，糟糕透頂。

如果我可以拿著麥克風在舞台上飆上半首搖滾，保證讓那些被酒色麻痺了的客人精神抖擻起來。我準備了幾首歌，我眞的準備了幾首歌。現在的我山窮水盡了，這眞是太棒了，如此一來，我再不鼓起勇氣上動去酒吧櫃檯問這裡需不需要一個眞正的歌手的話，我就會餓死在路邊。

我當然不會讓自己餓死在路邊，我想最好的出道時機就是現在。

正當我煩惱我該選什麼歌當作是面試唱現場的第一首歌時，錢就來了。

那時我很可能已經踏進緬甸，或者還沒，總之雖不中亦不遠。三個街頭混混拿著球棒跟刀子將我用力推進陰暗的巷子裡，用混雜泰國腔的緬甸話命令我把外套脫掉，然後把身上所有的錢掏出來。毫無新意。

「我沒錢。」我盡量表現誠懇。

「你是在開我們玩笑嗎？」一個人瞪大眼睛，將球棒掂在手心上。

我沒有錢，我也沒有開玩笑，不過我剛剛好有兩把槍，所以我就拿出來把他們通通都幹掉了。雖然我的子彈所剩不多，但我還是忍不住多用了幾發。

我早已不是好人，當然把同樣也不是好人的他們身上的錢都塞進我的口袋裡，那時心底終於踏實了起來。我很高興我以前一定不是一個喜歡欺負弱小的人，所以現在的我也幹不來搶劫這麼低檔次的事，但我很樂意爲了下一頓晚餐殺掉搶劫我的蠢蛋，不管從哪個角度看都很公平。

其實這中間很有矛盾，我知道。如果我很樂意開槍殺人的話，我大可以繼續留在倪佬那裡，當他剷除異己的骯髒殺手，幸運不死的話，稱得上是生活穩定。

但我眞的越來越不喜歡那種……該怎麼說呢？我眞的越來越不喜歡那種當人家手下小弟的感覺。就是因爲不喜歡，所以我離開了。但現在我爲了生活，卻眼巴巴等著想搶劫我的人出現，我才有機會有理由用槍把他們幹掉，相比之下也沒好上多少吧哈哈哈。

幸好泰緬邊界的治安很糟糕，龍蛇雜處，暗巷裡死了幾個混混也沒人在意，眞是幹他媽幸運了我。我在那裡溜達了三天，整整被搶了十一次，最後我趕在子彈都用光之前找到專門搞定骯髒交易的黑市賣家，我才有辦法在那裡待上一個禮拜，成爲當地所有熱衷在暗巷搶劫的混混的瘟神。

是，我承認我又暫時將唱歌的事放在一邊，畢竟我喜歡唱搖滾是一回事，但我要開口應徵當一個搖滾歌手又是另一回事，現在我的肚子飽了，山窮水盡的日子離我又遠了些，當駐唱歌手的事我得再醞釀一下。

大概是第十五天還是第十六天吧，我想我已經準備好了，我打算在面試的時候唱我最喜歡也最有把握的The Scarecrow，爲了讓我自己看起來更搖滾，我還多等了兩天，讓我臉上的鬍渣看起來更頹廢。

最後我選了一間門口貼著「徵駐唱歌手」手寫字板的酒吧進去，嗯，看起來沒有人正在排隊應徵唱歌，台上也沒有歌手在虐待大家耳朵，我想我可以待在吧檯前醞釀一下下，免得待會我太緊張表現不好。

說眞的，萬一出了糗，很可能我會把槍掏出來把整間酒吧裡的每一個人通通幹掉，那也不是我願意看到的結局。

就在我東張西望的時候，一個看起來像妓女的女人請了我一杯酒。

「你不像是這裡人。」像妓女的女人故意搔首弄姿。

「什麼意思？」我注意到酒杯上有一個鮮紅唇印。她的。

那是個很漂亮的唇型，可惜那個像妓女的女人臉上有一條讓人無法忽視的長刀疤。事實上就因爲那條疤太惹眼，在請我喝酒之前我就注意到一個人默默坐在角落喝酒的她，想必她也注意了我很久……注意到我一直在默默打量酒吧裡每一個可能搶我的人。

「你像是在找什麼。」

像妓女的女人甜膩地注視我，繼續說：「但這裡，沒有人在找什麼。」

「……怎麼大家老是說一些很高深的話，我是有聽沒懂。」

我一口將那杯酒飲盡，嘿嘿說：「除了錢，我只想找一個好好睡覺的地方。」

「晚上就睡我吧，反正今天我運氣不好，沒客人。」

「那就是我運氣好囉？」我笑笑，果然是個妓女。

我殺人嘛，哪好意思跟人講什麼道德？妓女要請我喝酒，我就大口喝，妓女要招待我幹她，我就去她的爛公寓好好幹她。應徵歌手的事今天晚上就別想了吧。

不過妓女不接客，還是一個妓女，所以我沒有放任何感情地操她幹她捅她搞她使用她，她也不抱怨，耐心地應付我所有焦躁慌亂的需索。射精後我直接躺在她塡滿廉價矽膠的胸部上睡著，畢竟我很久沒睡到一張像樣的床，跟胸部。

醒來時我看見她正在把玩我的槍。我是說，那兩把槍。

「沒想到你眞是個狠角色。」妓女笑吟吟地看著槍，絲毫不怕的樣子。

「我是。」我覺得窗簾後的陽光有些刺眼。

「最近好幾個混混被開槍打死了，跟你有關吧？」

「跟妳無關。」

妓女將兩支槍隨意放在梳妝台上，起身壓在我腰上。這時我終於看清楚她的模樣，扣掉那條從左耳一路往下斜拖直到嘴角的刀疤，這妓女的臉蛋很不錯，還有一點泰華混血的異國風情，稱得上是美人。

「這次換我請客好了。」我大方地將她壓在下面。

「眞會說。」妓女笑得花枝亂顫。

我們又幹了一次。然後又一次。

完事後我決定再睡一下，她也是。反正大白天的妓女也沒什麼活可幹。

直到她吸吮我的乳頭讓我舒服醒來的時候，大概是黃昏了吧。她眞的很會。

「喂，想不想要一份眞正的工作？」她咬著。

「什麼工作？」我的手指耙梳著她的髮，順勢撫摸她臉上的刀疤。

「每天都有女人睡，有酒喝，還有人可以出氣的好工作。」

「我可沒興趣每天跟妳睡。」我是認眞的，把話講清楚比較好。

「這完全不是問題呢。」她咯咯咯笑了起來。

後來我才知道，這一個招待我又讓我招待回去的妓女，叫藍姊。

5

藍姊是一群在泰緬邊境賣春的女人之一，這群女人共同的特色，是臉上都有一條疤，這條疤是她們屬於黑山老大的財產證明。

任何人，任何混混，當然也包括任何嫖客，只要一看到她們臉上的疤，就知道她們是不能被欺負的。

要上床，簡單，上床前這些女人說多少錢就多少錢，別想賴也別想打折。當然了，打著黑山老大的招牌，她們也包準將你服侍得妥妥貼貼。

當然當然，這條精心砍在臉上的疤，也提醒了這群可憐的女人，黑山老大隨時隨地想對她們做什麼事，她們都只有乖乖接受的份。

是這樣的，黑山老大在兩個禮拜前死了……報應啊報應。大家都說他是坐在馬桶上被自己的手下亂槍打死的。然後那些個個都想當新老大的手下又花了十多天把其他手下給打死，理由是幫老大報仇。要命的就是，黑山老大的手下很多，打了十幾天大家都沒死乾淨，現在還有一種延長加賽的氣氛，甚至引來其他幫派落井下石的槍火。

現在這群賣春女人沒有幫派可以依靠，許多女人寧願不開腿賺錢，也不想冒著被白騎的可能出門，過一天是一天。

危機就是轉機。

藍姊的意思很簡單，她想試試看讓姊妹們自立門戶，如此一來就省去應該給幫派的那一份。一群妓女自立門戶的前提當然是找一個可靠的男人，這個男人最好看起來很兇，最好動手狠辣，最好狠到殺人不眨眼，最好這個男人並不想在她們的皮肉活上動抽成的歪腦筋……嗯，至少別動太多。

「我們供你吃住，你呢，每天晚上都可以跟一個沒客人的姊妹睡覺，不，每天晚上讓你隨便挑一個姊妹跟你睡，你只需要保護我們不被欺負，幫我們把壞客人趕走。」藍姊一邊說，一邊用舌頭複習我身上的敏感帶。

「怎麼聽起來像是吃軟飯的小白臉。」我皺眉，有點癢。

「嘻嘻，這裡壞男人很多，這工作不可能讓你覺得自己像小白臉喔。」

「也好，不過我不知道我會幹多久，反正我現在沒事，先試試。」我醜話講在前頭：「總有一天我會走，我要走的那一天妳可不要說我沒人性就好。」

這可是說眞的，總有一天我一定會放下這些逼人的槍林彈雨，到某一間酒吧展開我的搖滾歌手第一站，之後我會唱到什麼樣的舞台我沒設限。我很清楚那才是我想要的眞實人生。

「你想去哪？」

「我們還沒那麼熟呢……藍姊。」

「說不定在你說要走之前，你就橫屍街頭了呢哈哈。」

藍姊口無遮攔地開玩笑，一口含著我的要害當賠罪。眞是見鬼了。

於是我就展開了每天在不同女人旁邊醒來的日子。

這份差事一開始的確十分棘手，因爲製造屍體並不是這群妓女希望我用來保護她們的方法，尤其過多的屍體會引來很多不必要的麻煩。所以我能不開槍就不開槍，就算要開槍我也得強忍把對方爆頭的衝動，把膝蓋射爛就算了。

唉，只是不用槍，光用拳腳，我又不是什麼功夫高手，怎麼可能每次都完美得把對方揍成豬頭，我偶爾還是會反射性將不識相的爛客人整個脖子給扭斷——「上一世的我」，肯定是一台超兇狠的殺人機器吧。

是的基本上我很可靠。前些日子有幾個想白嫖的爛男人被我打成殘廢後，就很少有人敢欺負這群臉上有疤的妓女，這群妓女笑吟吟地做了好一陣子生意。

但當黑山老大那些手下自相殘殺過後、終於確定新老大誕生的那一天，新老大就派人來跟藍姊說，明天開始他們會重新向她們收規費，她們最好識相地給，不然她們的臉上就準備再多一條充滿意義的刀疤，跟上一條加起來，正好組成一個大叉叉。

藍姊問我怎麼辦。

我說，能怎麼辦。

當天晚上那個新老大就死了，據說是在陽台抽菸時被亂槍打成蜂窩。我猜幹掉他的那個槍手一定是個很大方的人。

黑社會嘛，那群新老大疑神疑鬼的手下又開始拿槍轟來轟去，等到那些白痴轟出更新的老大之前，那群妓女又賺到一些不用被抽成的好日子可以過。我瞎猜至少有兩個月吧。這兩個月我實在沒力氣去想當駐唱歌手的事，不是我偷懶，而是我的手太勤勞當這些妓女的枕頭。

那一段無暇搖滾的日子眞的很廢，肉慾蔓延，我一遍又一遍上了所有臉上有疤的妓女。妓女嘛，靠被幹維生，自然有各式各樣被幹的拿手好招，絕活都不一樣。有人的舌頭超靈活、沒有一條老二可以在她的嘴巴裡硬過五分鐘。有人擅長用奶子夾老二直接蹭到噴汁。有人流的汗有一股讓人發瘋的騷味。有人的陰道特有彈性好像每天晚上都是處女。有人喜歡在上面搖來搖去說什麼也不肯下來。夜夜睡覺我都被當成皇上一樣服侍。

其中我最喜歡上一個叫「跳跳」的女人。

跳跳不是最漂亮，也不是最年輕，做愛也沒什麼稀奇古怪的絕活，而是跳跳跟我聊天的樣子很可愛，嘴唇嘟來嘟去的很性感，我光是聽她抱怨上一個客人衛生習慣有多差我就會慾火焚身，她還沒抱怨完我就脫掉褲子開始上她了。

我知道你在想什麼，但這肯定不是愛情，見鬼了我怎麼會對妓女動情呢？幹當然不是。只能說每個女人性感的點都不一樣，跳跳正好有個地方吸引了我。

「喂，你以前是做什麼的啊？」跳跳正在煮飯。希望這次別又焦了。

「那妳以前又是做什麼的啊？該不會妳第一個工作就是當雞吧？」

我不是故意反問，而是她第一個問題就考倒了我。

「問那麼多要做什麼啊？要娶我啊？」跳跳瞪了我一眼，作勢要踢我。

「……哈哈娶妳沒問題啊，反正我也不是什麼好東西。」我用腳趾切換電視頻道，慵懶地說：「不過咧，我還眞不知道我以前是幹什麼的，我對現在的自己做的事有點印象，大概是從三年前才開始的吧。妳不是常看電視劇嗎？跟那些智障男女主角一樣，我得了見鬼的失憶症。」

「失憶症？眞的假的？」跳跳幫我盛了一碗飯：「哇！」

「既然都忘光了，我也不是那麼在乎，反正我現在過得不錯啊。」

跳跳幫我拿筷子，表情有點難以置信：「所以你眞的忘了你以前的事啊？三年前的事都忘了？這怎麼可能啊，好誇張喔，你的腦袋有被什麼很重的東西打到嗎？還是你出過車禍？」

「我連怎麼搞丟的都忘了。」我拿起筷子，滿不在乎地夾起了豆芽菜：「反正！忘了就不會在乎，如果眞的忽然想起來的話才恐怖吧？如果說我眞的有介意的地方，那就是……我很好奇我是怎麼弄丟我的過去的？哈哈哈，吃飯吃飯。」

「怎麼那麼隨便！我要聽我要聽我要聽我要聽我要聽……」

話匣子打開，跳跳就成了我第一個失憶症的真正聽眾。

6

記得嗎？讓我們回到故事的一開始。是了，我現在正坐在首爾某間百貨大樓，從上往下欣賞著我一手弄出來的殘局，不由自主想起過去在泰緬邊境我那麼認真跟跳跳說著我一片空白的過去，真是有些懷念。

那是兩年前。我們就繼續從兩年前的那場對話開始吧。

我說跳跳啊，其實三年前我第一次擁有記憶，或者說我第一次意識到我弄丟之前所有記憶的時候，我正在一間路邊咖啡廳，桌上是吃喝到一半的披薩和啤酒。當時我的手裡拿著一片披薩，嘴裡也有一些咀嚼到一半的麵包與肉泥，鮪魚口味的。

我整個呆了，我是誰？我在哪裡？我……我是怎麼一回事啊我？

我環顧四周，直覺告訴我我人在歐洲，但在哪裡我完全沒有頭緒。我仔細將自己全身摸了一遍，發現我的身上有幾疊厚實的鈔票，歐元、日幣、美金、人民幣、泰銖都有，其中歐元最多，有兩三捆。我付餐費的時候才發現我向服務生說了一口漂亮的義大利語，我卻絲毫不感驚訝。我對自己的不驚訝才覺得很驚訝。

我在那個完全陌生的城市裡晃了晃，由於那裡環境太過特殊，我一下子就知道我身處的地方是義大利威尼斯，但威尼斯對我而言只有非常刻板的印象，從書從雜誌從電視從電影，而不是來自我曾在這裡生活或旅行過的記憶反射。那種感覺眞的非常古怪，因爲我甚至不確定我對威尼斯的刻板印象來源，是哪一種語言的書、雜誌、電視跟電影，反正就是一種概念……或殘影？

「好難懂喔。」跳跳的頭都歪了。

「沒關係，不懂就直接忽略吧。」我倒是無所謂。

「那你身上沒有什麼證件之類的東西嗎？」

「完全沒有。」

「信用卡也沒有？」

「沒。」

「太扯了啦！哪有人這樣的啦！」

「喂喂喂嘴巴不要突然嘟起來，小心我把妳拖到床上。」

沒有任何證明文件在我身上，這是最不合理的一點，我的身上並沒有手機，沒有信用卡，沒有護照，沒有駕照，沒有觀光客最愛的相機，沒有任何能夠讓我自己知道「我是誰」的證件與資料，也沒有來自哪裡或即將前往何處的機票船票或車票。

唯一可以確定的是，我很喜歡Avantasia的歌，因爲我嘴裡一直在哼個不停，而我不打算停。嗯，就是我常常掛在嘴邊的那一首。

就這樣隨意哼著搖滾，我在聖馬可廣場走了幾圈後，我再度走回那間路邊咖啡廳，我問服務生究竟我是怎麼來到這間咖啡廳的？我是否是個常客？或只是個尋常觀光客？服務生聳聳肩憑不可靠的記憶說，他好像從來沒有看過我，而我點菜時做了些什麼特別的事他也沒印象，總之，我很普通，普通得像所有黃種人在白種人的眼中一樣普通。

像個大白痴，我在威尼斯胡亂遊蕩了好幾天，當然我完全不知道自己住在哪一間旅館，或是我根本就是當地人……華裔日裔或泰裔血統的義大利人之類的，我找不到地方回去。連我自己都很意外的是，我並不是很緊張，還覺得有些好笑。

我記得我以前看過一部電影，內容大概是一個短期記憶力只有十五分鐘的男人，爲了尋找殺害妻子的兇手，一邊調查線索，一邊將蒐集到的蛛絲馬跡火速刺青在身上，免得忘記好不容易查到的線索，主角的人生便在拼拼湊湊的復仇火焰裡度過。我的處境跟他既相似又有些不一樣。所以我說自己很好笑，我連這部電影的內容都記得很清楚，連出乎意料的逆轉結局都印象深刻，可我卻記不得我是在哪裡看過這部電影、跟我一起看這部電影的人又有誰、當初看這部電影的時候有沒有字幕……有的話，字幕是哪一國的文字？

「你好囉嗦喔，所以後來怎麼辦？」肯定沒看過那部電影的跳跳有點不耐煩了。

「耐心。要有耐心。」

幸好我還有一些錢，我盡量節制地花用。當地有一些廉價旅館專門讓背包客混日子，我在裡面過了一陣子集體生活，還跟一些長得不怎麼樣的日本女背包客打了一些免費的瞎砲。

倒是洗澡時我發現我的心口上面有個刺青，喏，就是這個，一條正在燃燒的紅色金魚，當然我怎麼刺上去的、什麼時候刺的、在哪刺的、爲什麼要刺……哈哈哈見鬼了我當然不知道。

「不過你會把它刺在上面，一定有很大的意義吧。」跳跳摸著我的胸口。

「廢話，那可不是轉印貼紙，是眞正的刺青。」我哼哼。

「好像有一點點感動耶，那是上一個你唯一留給現在的你的東西耶！刺青！」

「是有那麼一點點感動啦，不過那是什麼意思？我哈哈哈就是想不起來。」

「說不定你是爲了一個女人刺的，有點浪漫喔火魚哥！」

「最好是。」我不屑地笑：「妳第一天跟我上床嗎？」

就跟妳說的一樣，那個刺青唯一傳達給我的意義，表面上是「上一世的我」跟「這一世的我」唯一僅有的連結。但實際上眞正的意義是，如果我連這個連結代表了什麼都弄不明白，也就意味著「這一世的我」跟「上一世的我」完全脫離關係了吧。

想再多也沒用，反正那刺青既然已經在我的身上，那就繼續留著吧，我也滿喜歡那個非常矛盾的構圖……一條正在冒火的魚？哈哈。老實說，與其留著這意義不明的刺青，我情願「上一世的我」留下來的，是多一點的鈔票。

「等到我錢快花完的時候，我找到一份在中國餐館洗盤子的黑工，很沒新意吧？沒身分的人選擇很有限啊。那奴隸一樣的工作我幹了快一個月，老實說我根本不喜歡洗盤子，哈哈其實誰喜歡呢？憋都憋死了。」

「所以呢？」

「所以我一直在找一個離開的理由啊！」

「說到賺錢你們男人就沒有我們女人方便了，我們兩腿一開，錢就來了。」

「也是喔。」我捏了跳跳的大腿一把。

有天晚上我在街上亂晃，看見一個觀光客在大叫他的皮夾子不見了，不過他只是著急大叫，並沒有發現誰是扒手，就只能無止盡鬼吼鬼叫說要導遊叫警察。

我就不一樣了，出於直覺——再加上一點連我自己也沒意識到的觀察力，我很快就發現那條街上有三個假裝同樣是遊客的亞洲臉孔扒手正在聯手行竊，他們甚至在那個觀光客悲憤大叫的時候還趁機摸走了導遊放在背包外層的數位相機，賊星高照啊。

他們得手離場後，我默默跟蹤他們，但我只是純粹想跟蹤，並沒有要他們把東西還給那些觀光客的英雄意圖，更不是弱智地想分一杯羹，我想我當時僅僅是對這種犯罪的行爲感到強烈的好奇。

原來那些扒手並不只有三個，而是一個犯罪集團，成員來自亞洲許多國家，大家一起窩在義大利行竊維生。那三個小偷早就發現我在跟蹤他們，只是不曉得我到底想怎樣，於是乾脆將我引到他們的地盤上去處置。那是一個靠近中國城的街區。

我其實早就發現他們發現了我，但我不以爲意，大剌剌地跟到了最後。

「結果呢？」

「還有什麼結果？」

結果我被打得很慘，呵呵。

我可是被快二十個男人給圍住，當然只有被打的份。不過被痛扁的時候我也沒閒著，我一直在想，說不定我在失憶以前也是一個小偷，所以我才會對他們感到興趣？所以當初我的身上才會都是成疊的鈔票？所以我才會對偷竊的行爲缺乏道德感？所以我才會一眼就看出那條擠滿遊客的街上誰是小偷？

我沒有被揍昏。

那些小偷畢竟只是小偷，打人只是做做伸展運動，僅僅讓我受到最基本的教訓。他們離開後，我趴在地上休息，慢慢從口袋裡拿出其中一個小偷的護照端詳，哈哈我就知道我頗有天分——不，或者該懷疑是那一個被我弄丟的自己曾受過嚴格的偷竊訓練。

那本泰國護照就成了我的第一個身分。

我動了點手腳，就將照片換成我的模樣，這種以假亂眞的技術簡直是專家等級，我卻很有自信自己做得到，也曉得應該買哪些特殊的文書工具才能搞定，嘖嘖，我過去的來歷一定很不簡單，這讓我又想到了另一部電影，男主角叫傑森包恩，這個包恩……

「我不想聽電影的事啦，反正你就是拿著泰國護照跑到這裡吧？」

「是，也不是。我搞定了一本泰國護照，但我還滿喜歡歐洲的，所以我離開那間黑死人的中國餐館開始旅行，東晃西晃大概漂流了至少半年吧。」

「你哪來那麼多錢啊？」

「白痴，我既然有專業扒手的天分，幹一路上當然不缺錢啊哈哈哈哈。」

一路上不缺錢，吃喝玩樂很愜意，我後來又偷到了十幾本護照，乾脆將每一本護照都變更成嶄新又不同層次的我，於是我擁有了十幾個聽起來很風趣的名字，爲此我感到心情愉快。

既然我沒有過去的記憶，也就沒有來自過去的任何包袱，這樣很好，暫時沒有目的地的我很放鬆地成爲一個快樂的小偷，除了偷皮夾，偶爾還能偷到一些女人的心，還有她們一個晚上自動奉獻的身體哈哈。

「都是一夜情嗎？」

「是啊，有些連名字都沒問就說再見了。」

「那……洋女人的那裡眞的比較鬆嗎？」

「妳管好自己就行啦。」

在我不斷行竊的旅行中常常遇到不同國家的人，吃飯時我偶爾會突然聽懂隔壁桌客人講的話，讓我慢慢驚覺自己的語言能力眞是見鬼了的厲害，也對自己究竟是「哪裡人」感到很好奇。不過這種好奇只是一種一時興起，我很清楚我不想眞的知道答案。把握當下，就是在講我這種人啦！

事情是這樣發生的。

有一晚在匈牙利的布達佩斯，我在一間貴死人的法國餐廳吃飯，當時我一面用昂貴的紅酒漱口，一面觀察一個看起來很貴氣的老女人坐在隔壁桌。

老女人的脖子上掛了兩圈閃閃發亮的珍珠項鍊，每一隻手指都戴了一個寶石戒指，不過最吸引我的還是她耳朵上的翡翠耳環，見鬼了真的，那絕對是價值連城的第一等好貨。

那老女人似乎正在等人，菜單沒看一眼就放在手邊，左顧右盼，卻也沒露出不耐煩的神色。嘿嘿，放過這種肥羊簡直是褻瀆自己的手藝是吧？這種有錢老女人正在等的朋友，多半也是個樂善好施的大財主吧？

耐心是美德，也是專業，我正盤算著應該在什麼時候下手風險最小獲利最大時，顯然有「一個人」完全不在意那些穿戴在老女人身上的珠寶究竟值多少錢。

那把刀，就在那個時候出現。

「刀？」

「刀。」

正因爲我全神貫注在那老女人身上，所以我很確定我的確聽到了很輕微的一聲「嗚嗚嗚」，幾乎在同時，我親眼看見一把刀從很奇怪的方向飛了過來，然後插進那老女人的脖子後面！

最重要的是，我發誓那把刀在插進去之前，刀身忽然轉了一點點，就那麼一滴滴！那把刀瞬間改變了角度，好像有一條隱形的線在最後時刻抽了刀柄一下，見鬼了眞是不可思議。

「到底有多不可思議啊？」

「嗯啊，就不是一直線的飛，而是一種……接近迴力鏢的、有點彎曲的感覺。不過如果說迴力鏢的話還可以理解啦，但最後刀子又忽然改變角度，這就眞的非常詭異了。」

「總之那個老女人就死啦！」

「哈哈才怪！」

那個老女人並沒有死，她只是嚇了一大跳，然後打了一個嗝……眞的，我也不知道爲什麼會這樣，她就打了一個嗝，然後整張臉就這樣用力撞在桌子上，樣子非常滑稽。

好吧當時我眞的忍不住笑了出來，因爲那個老女人一直試著歪曲她的手，想辦法把插在脖子後面的刀給拔出來，但她大概是太痛了吧，怎麼搆都不對，那種怪姿勢還把桌子給弄翻了。

餐廳當然整個大亂啦，有人開始尖叫，有人打電話報警，有服務生跌倒，有白痴打翻桌上的菜，有人一邊哭一邊卻拿手機出來拍照……反正就是超級混亂，沒想到這個時候才是事情正要開始的起點。

在所有人忙著尖叫跟亂喊的時候，有一個白頭髮的男人站了起來，他看起來很冷靜地做著跟所有人相反的事——他果斷離開了那間店，我想那種故作鎮定的腳步可以說是逃走。

我想了一下，想跟上去看看，但下一個瞬間我就一身冷汗地忍住了。

這時我忽然知道，百分之百那個老女人完全就很倒楣，她在整個大混亂裡的位置就是一顆照明彈——一顆從飛刀主人手中扔出去的超級照明彈。

照明什麼？當然就是照明飛刀主人眞正想幹掉的「目標」。

「我聽不懂啦。」跳跳一副不能理解。

「八九不離十，那個丟飛刀的人想殺一個人，但飛刀手並不知道應該殺誰，所以飛刀手想了一個辦法，就是仔細觀察誰會在大混亂裡表現得像他應該殺掉的那一個人。而見鬼了的那個大混亂，當然就是那個老女人倒楣挨刀引起的騷動了。」我從嘴裡吐出一根細細的魚骨頭，繼續說道：「我想不會錯的，當大家都不知所措的時候，只有那個男人果斷逃走，所以他就是飛刀手的眞正目標。」

「你怎麼會有這麼複雜的想法啊?全部都是你的幻想吧!」

「其實我沒有看到有誰去追那個男人,但我既然沒看見是誰丟出那把飛刀,連帶我也看不見那個飛刀手怎麼追出去的,不是也很合理不是嗎?他或她,一定是一個高手。」

「所以我就說是你的幻想嘛。」跳跳說歸說,她的表情卻像是信了我。

說不定眞的是我的幻想。但我打心底覺得,如果那時我好奇追了出去,我也會被飛刀手當作目標一樣給宰了。

對飛刀手來說,可以將範圍縮小到兩個人已經非常完美,他,或她,肯定不介意買一送一。那個脖子中刀的老女人就是最好的證明。

那幾天晚上我睡得很不安穩,不,是根本沒有眞正睡著。

我不是害怕,而是太興奮了,那種親眼目睹一個老女人被天外飛來的刀子戳中脖子的衝擊,還停留在我的眼底,強迫腎上腺不斷分泌,我翻來覆去,起來喝了好幾次水,尿了好幾次尿,都無法克制我想回到現場用我的所有感官與直覺去捕捉那個神秘飛刀手的恐怖奇想。

那現場的喧囂,那飛刀的精準弧度,那種不計代價的企圖,都讓我他媽的很興奮。

說起來有點奇怪,在那些斷斷續續的淺眠裡,我做了一個重複又單調的夢。

夢裡都是飛來飛去的燕子……那些燕子飛來飛去,最後突然飛向同一個地方,像拼圖一樣快速拼成一個女人。我看不清楚那個女人的樣子，只知道是個美女。

那美女向我走過來，我卻不由自主後退，因爲我知道那個女人非常危險。她很危險，我卻沒有拔腿就跑，因爲我好像很喜歡她身上的危險，那種既美麗又危險的殺意深深吸引了我。

我忍不住開口，說了一句我完全不知道自己在說什麼的話，那美女就變成一大堆燕子，飛來飛去，消失了。

那個夢重複了很多次後，見鬼了我只好放棄當小偷。

「啊？怎麼這麼突然？」跳跳笑了出來：「跟那個燕子變成的美女有關係嗎？」

「我也不知道有沒有關係，反正人生就是很突然，很多事的開始跟結束根本不需要理由吧，要解釋，也只是解釋給別人聽而已。總之從某一個晚上開始，我忽然覺得偷東西是一件很乏味的事。」

「唉，眞搞不懂你耶，如果我有偷東西都不會被抓到的手藝，我才懶得做雞呢。」

「做雞很乏味嗎？哈哈，妳做雞的手藝跟口活都很不錯呢。」

「身不由己好不好，白痴。」

腎上腺素分泌殆盡後，我不當小偷了。應該說我失去了當小偷的動力。反正我之前偷到的錢還剩很多，不鋪張的話我想可以隨意晃個半年也問題。

不當小偷，但我也沒瘋到去幹更壞的事……喂喂喂，妳那是什麼眼神啊？我是說，至少那個時候還沒。

我總是需要一個工作，但要做什麼呢？我會這麼多種語言，應該可以去哪裡應徵教人語言的老師吧，我曾經動過這個念頭，但不到十秒就放棄了，我不是那塊料我清楚得很。

但我是哪塊料呢？仔細聽好了跳跳，我的血液裡流著一股搖滾的熱血。

我常常感覺到某種快要爆炸開來的力量一直累積在我的體內，不是自信而已，而是一種必然的命運感，一種我必須去征服，去戰鬥，去乘風破浪，去革命的感覺。

笑什麼？我是說真的啊。

我覺得那種使命就是唱歌，唱搖滾，去顛覆一些東西，所以我常常唱歌……在一個人的時候。但凡事總有一個基本的起頭，如果我相信我唱搖滾可以革命，那我當然也可以唱搖滾賺錢，對，或許我去唱歌賺錢也很不錯。

喂，妳又是什麼表情啊妳，信不信等一下我幹死妳。

我真的想唱歌，唱搖滾，但我理想中的唱搖滾可不是像街頭藝人一樣蒐集路人同情的銅板，一個真正搖滾的歌手第一次的登場至少應該是一間酒吧，破爛一點也沒關係，原本死氣沉沉的地方被我一唱驚醒，我知道那一天一定會來臨。說不定失去記憶以前的我，根本就是一個在某處唱歌的搖滾歌手，不然要怎麼解釋我的搖滾基因是吧？

不過說起來真是好笑，我當扒手那麼多次都沒被逮到，但是卻栽在一次警察在旅館裡的例行臨檢裡。

喔，那是在德國慕尼黑，一個莫名其妙懷疑我吸毒的女警隨意翻著我的背包，赫然發現裡頭有很多本顯然非常可疑、來自不同國籍的護照，硬是將我拎回當地警局。

歷經非常無聊的調查後，慕尼黑的警察將我以身分不明的理由拘禁起來，是的我是貨真價實的身分不明，哈哈我連我自己是誰我都沒有答案。我在筆錄裡強調我非常可能得了見鬼的失憶症，請他們幫我找精神科醫生鑑定。

那些警察當然沒有採信，卻也拿我沒有辦法。

回歸到最重要的一點就是，我沒有確實的罪名，等了好一陣子，德國境內也沒有發現任何疑似他殺的屍體上出現我的指紋，所以囉，幾個月後我被當作一個麻煩的大問號遣送往泰國。

嗯，我想那些德國警察只是想把我扔出他們的國家，至於我是哪裡人他們根本沒有興趣，而我也沒反對「回到泰國」罷了。

7

「你來到泰國以後，沒有熟悉的感覺嗎？」

「見鬼了，所有一切都很陌生啊。」

「那你是怎麼開始……嗯，就是做一些更不好的事啊？」

「妳說殺人啊？」

我知道妳說的就是殺人。這個部分有點跳太快，但我盡量加速吧哈哈。

當時我是被交給泰國警方，可泰國警方完全查不到關於我的任何相關紀錄，電腦裡也沒有我的指紋檔案，但也因此，在定義上我算是一個背景清白的人，於是他們只沒收了我好意提供的假護照，就把我扔出他們的視線範圍。

重新獲得自由，我感覺很輕鬆，爲了在短時間內好好把自己安頓得像個人，我只好說服自己再幹一陣子扒手，弄些錢買一件刷舊的黑色皮衣跟一把吉他，再找找有沒有酒吧在應徵搖滾歌手。

這眞是錯誤的決定。

對於當小偷我眞的提不起勁，對，提不起勁，我毫無熱情去偷竊別人身上的東西，一旦失去偷東西的信仰，連帶逼得我連技術也一併生疏了，好像我突然忘記某種關鍵的微妙手法似的。恍神的我當場就被抓住了。

我的運氣很好，泰國人都喜歡搞私下解決這套，所以我只是在市場裡被痛打一頓，肋骨斷了好幾根，連鼻子也斷了……喏，妳看，就是這裡，現在用力按下去，還有點隱隱作痛咧。

被揍是我活該，我無意抱怨這點。只是我才當了兩天愜意的流浪漢，就有個樣貌猥瑣的男人搭訕了我，問我要不要賺點快錢。

我問怎麼個賺法，他說想買我的腎臟，不過要先到醫院做一些精密的比對，如果找到了買主，我就走運了。

「你該不會眞的把腎賣掉了吧？」跳跳瞪大眼睛。

「當然沒有，因爲第二個男人出現了。」我掀開我的衣服，肚皮上可沒手術痕跡。

第二個男人也沒什麼好心眼。

他請我幫忙跑腿，其實就是叫我在毒販跟毒蟲間交易摻了一大堆奶粉的劣質毒品，如果我被警察抓到了也只能自認倒楣，毒販則安全在幕後操作一切。

我猜我沒有什麼選擇餘地。

就這麼居中跑腿了幾次以後，其實前後也不到兩個禮拜，有一天傍晚我送一包白粉到一個客戶家裡時，看見他死在一張破爛沙發上。

他不是吸毒過量死的，而是舉槍自盡死的，他的手指上還勾著一把左輪手槍。

不是專家也看得出來他才死不久，因爲血的氣味還很腥鹹，沒發臭，蒼蠅也只有區區一隻在他的嘴角邊巡視待會要下蛋的好位置。

我對這位忠實客戶爲什麼把自己的腦袋轟掉毫無興趣，或許是可笑的幻覺或許是想用最激烈的方式戒毒，都干我個屁事。但我覺得他開槍的角度很有問題，瞧他腦袋炸掉的窟窿大小，我打賭他一定沒有第一時間魂飛魄散，但也沒力氣再多扣一次扳機矯正錯誤。慘。

在那個恐怖的自殺現場，我並沒有任何不舒服的感覺，我甚至還大著膽子研究那悲慘的破洞，也好好看了一下那把槍。嗯，槍裡面還剩下三顆子彈。

這三顆子彈改變了我接下來的人生。

「你拿去殺人了？」

「差不多，不過是有人跑過來讓我殺。」

跑來讓我殺的人，是一個晚了我五分鐘開門的警察。

我猜那個警察只是單純來找我那位忠實客戶的麻煩，定時勒索點錢之類的吧？我不知道，說不定我那位忠實客戶之所以自殺也跟那個警察有關？我也不知道。

但不管怎樣，那個警察顯然以爲手裡正拿著槍的我剛剛把他的優質勒索對象給幹掉，氣氛一下子變得很緊張。那警察大聲命令我把手上的槍放在地上，雙手舉高……我是白痴才照做，他一定是想趁機把我幹掉，然後把偵破這個殺人搶劫案的功勞記在他自己頭上。

那個警察很緊張，一直在那邊大吼大叫，見鬼了我自己也緊張得要命，差點就尿出來了。幸好那個警察做了一個錯誤的決定，就是拔出他掛在腰上的手槍，對我開了第一槍。

那顆子彈射到哪裡我不清楚，總之沒打中我，我也很自然地朝警察扣下扳機。

我也沒射中他。

不過就在我開了第一槍、後座力震得我手腕隱隱發麻的時候，我的心就平靜下來了。

我跟那個警察大概是同一時間朝對方開了第二槍，這一次，我聽見子彈刮過我耳邊的嗡嗡聲，我猜他也聽見了差不多的聲音。

在我扣下第三次扳機之前，我清楚意識到，如果這一槍再沒射中那個警察，這場近距離互相扣扳機的比賽就結束了，因爲只剩下他一個人飾演選手，我則充當活動肉靶。

是是是，我現在還能跟妳這麼講話，當然就是我沒錯過第三次扣扳機的唯一機會。到現在我都清楚記得那一槍的所有細節，我的眼睛、脖子、肩膀、手臂、手腕、手指這些地方的肌肉與神經，全部都清晰無比到幾乎脫離我的控制，它們各自運作卻又彼此緊密串連，好像有一條隱形的彈簧繩勾著我的眼睛和槍裡面的子彈，在我幾乎要扣下扳機的那一瞬間，我就已經確定子彈最後的去處。

那個警察被我射中了。

他甚至來不及扣下第三次扳機，就坐倒在地上。比我想像中還要深色許多的鮮血從他的脖子中間……這裡，不斷噴了出來，百分之百是沒救了。我拿走他的手槍，跟剩下的所有子彈，他也沒有權力反對。

去哪？我還可以去哪？

這幹掉警察的一槍之後，我是走投無路了。

「好恐怖的感覺喔。」

「恐怖？其實在開槍的時候根本沒有時間感到恐怖。」

「不是，我是說那種一直不知道自己是誰的感覺。很恐怖！」

「有什麼恐怖？說不定記起來以前的自己是什麼樣的人才恐怖咧！」

「然後呢？然後你就逃到這裡了嗎？」

「還沒。」

有意思的是，當我意識到自己走投無路的那一天起，反而有種「只要多活一天就是賺到」的海闊天空感。我就是爛命一條，認了認了，幸好曼谷有很多幫派二十四小時都在應徵「要錢不要命」的爛命之徒，於是我拿著警槍隨便投靠了其中一個潮州幫，幫一個叫倪佬的老大賣命。

那段時間我花了不少時間在練習開槍上，我希望扣扳機可以次次都像殺掉警察的那一槍一樣神準，於是自己花不少錢買子彈到山裡射空酒瓶，可是成效不好，不管我怎麼練習結果都很差勁，幸虧每次出門做事，拿槍跟真人對幹時我的表現都比射空酒瓶來得好，好像有另一個人幫我把槍好好抓穩似的，緊要關頭都可以把子彈射到該去的地方，哈哈不然我早就死過十幾次了。

在倪佬手底下做事，大部分時間都沒事幹，盡是隨我吃吃喝喝，幫會開的妓院任我逛，去幫會圍事的賭場還有固定的籌碼讓我賭，這就是替幫會賣命的特權。

當幫會需要我的賤命，倪佬說一聲，我就跟其他一樣把命賣掉的同伴一起拿槍出門殺殺人。只要我回得來，就可以繼續吃吃喝喝騎女人爛賭到天亮。

「那不就跟現在差不多嗎？」

「是啊，不過現在愜意多了，沒有人是我老闆嘛哈哈哈哈哈！」

「眞敢說，要我說的話，在這裡每個女人都是你老闆呢！」

說的也是，我用沉默表達我的無限同意。

8

飯吃完了，我這三年來的「重獲新生」的勵志故事也講完了。

沒事可做，太陽還沒下山，跳跳就找我預習了一下今天晚上她的工作。

我怕她還沒開工就腿軟，就意思意思地隨便做了一下下，草草結束。

躺在床上，跳跳一邊清理我在她嘴巴裡製造出來的殘局，一邊含糊地問我今天晚上要找誰睡覺。我說我怎麼知道誰今天晚上沒客人，反正我逆來順受，基本上不挑女人，誰有空我就睡誰。

「那你喜歡跟藍姊做嗎？」

「她懂很多。」

「那年紀更大的芬芬姊呢？跟她做舒服嗎？」

「她很會照顧人。」

「冉姊呢？」

「她胖胖的很好抱。」

「最年輕的小巧呢？」

「什麼都不太會，滿可愛的。」

「你怎麼誰都可以啊你？」

「挑什麼啊我，妳不是說妳們個個都是我老闆嗎？哈哈哈。」

她問歸問，也沒眞說什麼。

其實我眞怕跳跳叫我今晚再來找她，搞得好像要長長久久什麼的，畢竟我總有一天眞的會離開這個爛邊境，到一個沒有人認識我的地方，展開我的搖滾人生。

我相信，從一片空白重新開始的這三年來，我把人生活得這麼奇形怪狀，一定是爲了讓我的血液裡充滿眞正的瘋狂色彩，唱起搖滾才有精神，有底氣，而不是那種只是假裝叛逆的大吼大叫。

跳跳趴在我身上，腳還勾著我的腰，像一隻無尾熊。

「你眞的會講那麼多種語言啊？那我再教你一種，我的家鄉話。」

「重點不是這個吧哈哈！」我看著她認眞的表情，不禁哈哈大笑：「我跟妳說了那麼多這三年來我發生的事，妳竟然只想教我說妳的家鄉話？哈哈哈！」

跳跳是柬埔寨人，她沒有章法地教了我她的道地家鄉話，說是要當作我們之間的暗語。還暗語咧？眞的滿好笑，因爲我跟跳跳根本不是那種「擁有未來」的男女關係，不過我有點不好意思打擾她的一廂情願，就跟著她學了一陣子。

那一陣子，這群臉上有疤的妓女過得挺好，兩腿開開的收入差不多增加了兩倍，可見以前的保護費收得有多不合理。這當然是多虧了她們的背後有我，一個暫時擱置搖滾夢的男人，還有我的兩把槍……三把。

可若說是擱置我的夢想，也不全然如此。

我只是暫時分身乏術無法登台表演。事實上我買了一把吉他，費了一整天的時間將它漆成五顏六色，主要還是象徵火焰的鮮紅。我彈了幾下……嗯，哈哈哈我好像不會彈吉他。這點倒是出乎我的意料，我還以爲只要一拿起吉他，「前一世的我」就會自動接手，給「這一世的我」一個大大的驚喜。

結果沒有。坦白說我是有一點小小的失望，不過既然我不會彈吉他，那也就趁這段時間好好學一下，說不定也算一種幸運吧。

不過話說回來，我也不一定眞的要會彈吉他吧？只要我找到一個吉他手站在我背後狂彈就行了。身爲主唱，我得全神貫注抓著麥克風嘶吼。嗯嗯就是這樣。不過就算我不彈吉他，揹著吉他也是身爲一個主唱必要的帥。我想除了找時間開始學吉他之外，我也得多長一隻眼睛，找找看有沒有一個正在尋覓主唱的吉他搭檔。

「跳跳，如果跟妳上床的男人裡，有正在找主唱的吉他手的話……」

「都說了幾百遍了，知道啦！我會馬上穿衣服衝出去告訴你！」

就是這麼一回事。

日子一天天過去。

老實說我只有在一開始罩這群刀疤妓女的時候遇到一些麻煩，搞得我整天神經兮兮，有一段時間我刻意挑不同的妓女睡覺，就是不讓別人知道我晚上待在哪裡，睡覺的時候我把一把槍放在床底，另一把槍放在枕頭下，睡得後腦杓都腫了。

但後來我勤快點確實幹掉幾個人之後，「拿雙槍的火魚哥」名號被槍聲打響了，我反而過得挺輕鬆，這一帶都知道臉上有疤的妓女都不能欺負，不然就得到醫院動手術把屁股裡的子彈挖出來。

我盤算，過些日子這些妓女的日子更穩定，就該是我偷偷離開的時候了，這裡每一間酒吧都認得我，我是不可能厚顏無恥在這裡展開我的搖滾人生了。

也許你覺得我很無情，但我本來就不是什麼好東西，這點我可以承認一百萬次也無所謂。更重要的是，雖然我不是什麼好東西，但我什麼也不欠這些妓女。我們是公平交易。

如果有一方覺得佔了便宜，肯定也不是我。

9

這天，藍姊帶了兩個女人來找我。

她說，她們有話要跟我說。

「我認識妳們嗎？」我把兩隻腳大剌剌架在桌子上，皺眉看著她們。

她們的臉上都有疤，但我見鬼了不認識。

瞧那新鮮熱辣的疤，好像是最近的事？

我看了藍姊一眼，藍姊卻只是在一旁抽菸，完全置身事外似的。

「火魚哥，我叫阿桃。」第一個女人感覺很緊張。

嗯，阿桃。

「我叫阿晴。」第二個女人跟我說話時簡直是畢恭畢敬。

嗯，阿晴。

「……嗯，所以找我有什麼事？」我聳聳肩。

「我們兩姊妹想投靠火魚哥，但藍姊說，要我們自己問你才算數。」阿晴看著我，手指將衣服邊角抓得都皺了。

「投靠我？」我瞪大眼睛，又看了一次藍姊。

這次換藍姊聳肩了。

「我們知道規矩，所以自己先在臉上劃了一刀，希望火魚哥滿意。」阿桃不斷深呼吸：「不知道火魚哥能不能收容我們？」

我弄懂了。見鬼了我被當成那麼沒有人性的傢伙了。

她們兩個女人，或者該說她們兩個妓女，大概是不想再忍受別的皮條客高得離譜的抽成與保護費，她們聽說臉上有刀疤的妓女群背後有一個不用錢只要睡的大笨蛋罩，所以就忍痛在自己臉上砍了一刀，眼巴巴想投靠過來？

眞的是見鬼了見鬼了……現在該怎麼辦？

「神經病。」我瞪著藍姊：「我不知道該說什麼，妳幫我處理。」

「可以保護她們的又不是我，要不要罩她們是你的決定，她們又不是我的姊妹。」藍姊慵懶地看著我，吐了一口煙：「如果你不想，自己跟她們說。」

阿桃與阿晴淚眼汪汪地看著我，只差一點點就要跪下來了。

「神經病。妳們都是神經病。」我站了起來，頭也不回地走出那間爛店。

我踩著拖鞋走去跳跳那裡吃晚飯，但藍姊帶著阿桃跟阿晴去跳跳家裡找我。他媽的惺惺作態的藍姊，根本就是一心一意當她們的出頭鳥嘛，還裝。

這一次阿桃跟阿晴二話不說就眞的跪下來，抓著我的腿哭哭啼啼地說起她們爲什麼不得已跳進火坑的故事。見鬼了眞的是，每一個做雞的都有一個悲慘又可憐的故事，每一個悲慘故事都沒有離奇之處，爲家庭、爲男人、爲孩子、爲家人治病、爲了身無一技之長只好賣身度過餘生，種種狗血理由，白痴才上當。

「不做雞還可以做別的啊？何必一定要靠男人吃飯？」我忍不住反駁。

「我這輩子就是當雞的命，我早就認了。」阿桃大哭。

「我都願意在臉上劃一刀了，火魚哥你就收了我吧！」阿晴哭得連鼻涕都噴出來了，「我眞的沒有別的辦法了，我得賣掉自己才能養活家人啊！」

「賣菜能賺，賣雞蛋能賺，在酒吧擦桌子能賺，在巷尾洗盤子能賺，收玻璃瓶能賺，拿一張椅子坐在街上就可以幫觀光客按腳抓背擦皮鞋，講難聽點，妳就是跑單幫賣白粉當扒手也是一條活路，爲什麼一定要犯賤當雞？」我越說越快，也越說越大聲：「自己的命運自己闖，認命就輸了好嗎？」

阿桃跟阿晴繼續哭，不曉得是心疼自己白白刮花了臉，還是無法反駁我的話。

倒是藍姊將菸屁股踩在地上，低沉說道：「……我們都有自己的苦衷，就跟你在這裡的原因一樣。」終於露出原形了吧妳。

「我只是暫時待在這裡。」我眞是嗤之以鼻。

正在炒菜煮飯的跳跳也哭了，哀求我別讓這兩個姊妹白白糟蹋了自己的容貌。

我不接話，這太扯了，這件事我堅決不理會到底。

什麼叫這輩子非得當雞的命，歪理，既然都有勇氣把自己的臉劃花了，卻沒想過用同樣的力氣闖出自己的命運？我說當妓女之所以是妓女，就是懶得用別的方法生存下去，兩腿開開就想收錢——這種命運萬萬別賴到我頭上。

不理會這裡是跳跳的地盤，我自己把門關上。

「這次我真的覺得你很爛！沒人性！」吃飯時，跳跳用力踢著我的腳。

「這跟我們當初談好的不一樣嘛！」我大口扒著飯，絕不妥協。

「你是怕你手底下有太多姊妹不好照顧是吧？你乾脆就收幾個小弟，自己弄一個幫派罩我們啊！大不了我們給你抽成養小弟嘛！」

「要搞幫派壓榨妳們自己，妳們就自己搞去，發神經的事別累我。」

「小氣！」

「隨妳們說。」我滿不在乎地打開冰箱，自己拿了一瓶冰啤酒：「對了，我叫妳幫我找吉他手的事有沒有進展啊？真的沒碰巧睡到嗎？」

「我才懶得幫你問。」跳跳把頭別過去，不理我了。

「這才是小氣吧？」我失笑，搞不清狀況啊妳。

後來有好幾天跳跳都不讓我搞她，她說她月經來，叫我去睡別的姊妹。

我才不信。

那幾天眞是夠悶的，平常極力討好我的那些妓女雖然還是任我睡，但個個都像死魚一樣，一點都不敬業。我也沒抗議，懶，反正她們也只是幫她們的新姊妹出氣。

我沒有態度，但那群姊妹們卻認定了阿桃與阿晴，我眞的快昏倒。這還只是開始。

從那一天起，斷斷續續都有別的地盤上的妓女在臉上劃一刀，一把眼淚一把鼻涕跑過來想投靠我。我一個都沒有答應，也一個都沒睡，免得她們以爲我骨子裡是一個大好人，或誤以爲我們之間有什麼講好了的特殊約定或默契。

拜託，沒有，我跟她們完全沒有關係。

但說也奇怪，那之後還眞的沒有人敢動那些新加入的刀疤妓女，過去罩她們的那些幫派也沒有去找她們的麻煩。我猜，那些傻到在自己臉上劃刀的妓女某個程度也算是一種瑕疵品，那些幫派算是將那些刀疤妓女當作垃圾，無視了，不要了，所以也沒認眞跟她們計較吧？更可能的是，爲了價格不好的瑕疵品跟我開戰，未免也太不明智。

不能再這樣下去了。反正幫我伴奏的吉他手遲遲沒有著落。

我想，差不多到了我該走的時候。

10

我醞釀著要走，卻沒有一個確切的時間表。

一方面我個性本來就拖拖拉拉，二方面我每次一想到以後不能再研究跳跳講話的模樣，我就多少捨不得。不過我終究會克服這些我不想習慣的情緒，要知道，搖滾歌手千萬不能習慣一成不變的安逸生活。

稍微麻煩的是，我知道如果我一走了之的話，過了一段時間道上聽聞了，這些臉花花的妓女肯定又會被某個沒人性的幫派給收進口袋，皮肉錢再度被大大壓榨一番。

但那又如何？這種事本來就會一再發生。如果我遲遲爲了這種事不走，這些自己刮花臉的笨妓女只會更多不會少，充其量我只是一個能幹的打手，又不是開妓院的，發神經才在泰緬邊境這種鬼地方長待……這裡根本找不到我的吉他手。

最重要的是，我從一開始就把話講得很清楚，誰也不能怪我薄情寡義。

但就是有一點點煩。想了很久，我決定在離開前多做一件很搖滾的事，當作是分手前的最後一砲。

我要做什麼？

我想在一個晚上之內，把這鎮上最大的五個幫派的老大一口氣幹掉。

保守估計……出於直覺判斷，我大概只有三個小時的時間可以幹掉五個幫派老大，如果超過三個小時，事情就會傳開。事情一旦傳開，所有幫派加強警戒，我就不可能有漂亮的機會宰掉整整五個老大。

我猜，這只是我猜，這五個突然失去老大的幫派互相猜忌、火併、內鬥加外幹，再加上外圍幫派想趁機落井下石趁亂呑些利益，從開始直到結束至少需要一年以上的時間，這整整一年無人理會的時間都當作是我送給那些妓女有情有義的分手砲。

當然了，我不能讓那些幫派知道是我幹的。一旦那些雜碎知道是我幹的，我一走，那些妓女就要遭殃，那可就不只有臉被打叉叉那麼簡單了。

在這之前我並不介意我把人幹掉的時候有什麼人看見，其實偶爾被看見也很好，把我厲害的手段傳到江湖，在結果上可以讓我在可預見的未來少殺點人。這次顯然不能讓我那麼任性。

神不知鬼不覺幹掉幫派老大很簡單，但要做到不被懷疑就很困難，畢竟這一帶的牛鬼蛇神都知道火魚哥我酷愛雙槍，特徵明顯，兩把槍片刻不離身，好方便我第一時間把來找麻煩的王八蛋幹掉。

要怎麼幹掉別人卻不用雙槍，我得花時間想個讓人錯亂的手法。

比起手法，更重要的是如果我想在三個小時之內幹掉五個幫派老大，我會需要一份非常嚴謹的計畫。

不得不說這是我最差勁的地方，我一向沒什麼計畫，要我費心思調查那些老大出沒的時間地點，我簡直毫無頭緒，若說到確切的方法，大概就只有像變態一樣尾隨跟蹤了吧？要不然，我就得拜託那些妓女充當我見鬼了的眼線，但這可違反了我做這件事的本意。唉。

不過「軍隊」倒是栽贓的好靈感。

話說這一帶的幫派很複雜，東南亞各國的黑道都在這裡開了堂口，幹盡許多見不得人的勾當，不過這裡最強大的幫派其實是「軍隊」，也就是緬甸政府軍軍閥，在他們的默許下，山裡一望無際的罌粟田才能成爲所有黑道大賺錢的死亡黃金。同樣的，在「軍隊」的絕對勢力下，每一個幫派再怎麼搗亂都有節制，那些混黑社會的再怎麼瘋，都沒有瘋到想跟坦克對幹吧。我想我該找個方法嫁禍給軍隊。

我想了想，不管怎樣，過幾天我都得搭一趟火車到更遠的城鎮，找門路買幾枚軍用手榴彈，到時候在宰殺那些混混的時候搞點誇張的爆炸，這樣可以把線索往更遠的地方扔去，不會懷疑到我身上。如果可以弄到一兩支更誇張的大槍就更有軍隊介入的戲劇效果了。

當我在心中大喊：「就這麼決定！」時，我聽見了有生以來最難聽的歌聲。

11

這次眞的是見鬼了。

那個人在大聲唱歌，而且是站在台上拿著麥克風唱給整間酒吧的顧客聽。

唱的曲目聽起來是鄧麗君的〈月亮代表我的心〉，但那是聽起來，實際上那男人已經將的〈月亮代表我的心〉唱成另一種境界的歌曲。非常難聽，有夠難聽，爆炸性的五音不全，如果鄧麗君的亡魂聽到一定會氣到還陽自己唱。

然而那個穿著黑色西裝戴黑色墨鏡的男人，卻好像完全沒注意到全場顧客都在哈哈大笑，每個人都在嘲弄他那副自我陶醉的蠢樣子。

不，我想他不是沒有注意到，而是徹底不在乎。

我很佩服他那種不顧一切唱到底的勇氣，我決定請那黑衣男喝一杯酒。

「不好意思，我不喝酒。」

那黑衣男戴著一副俗氣的金邊墨鏡，用手指敲了敲桌子。

酒保給了他一杯牛奶。牛奶上面飄著一股淡淡蒸氣……嘖嘖，還是杯熱牛奶。

「來酒吧不喝酒，喝牛奶啊？」我失笑，更佩服他的隨性。

「喝酒傷喉嚨，這樣就不能好好唱歌了。」那男人享受地喝著牛奶。

「的確是。」我眞的快笑出來了，但禮貌地忍耐著。

「其實唱歌的秘訣，就在這裡。」那男人正經八百地指著肚子。

「丹田是吧？」我肯定是笑了。

「沒錯，唱歌要用肚子，就是丹田，不要用喉嚨，否則很容易唱到沒聲。」

「……非常棒的見解。」

我完全同意，但也眞的哈哈大笑出來了。

這穿了一身黑色西裝的男人眞是太逗了，他完全活在自己的世界裡，別人的批評與看法都是空氣，眞是太太太太太幸運了這個人，他一定很少煩惱。

於是接下來黑衣男喝的五杯熱牛奶跟一盤烤雞翅都是我請客，他爲了表達謝意，不斷傳授我唱歌的幾種不同方式的轉音技巧。我猛點頭，還隨便問了他幾個歌唱技巧上的問題。

爲了示範，他還打算再度登台唱了一首部正宵的〈想你想得好孤寂〉送給我。

「其實不必客氣！」我嚇到：「你用說的已經夠清楚了。」

「哪裡哪裡，這是基本的禮貌啦哈哈哈哈。」黑衣男用手拍著麥克風，發出刺耳的嗡嗡聲：「麥克風測試，麥克風測試，test test……接下來小弟爲大家帶來的這首歌，叫想你想得好孤寂，這首歌呢其實……」

在眾人無視下，他自顧自解釋，接下來這首歌最重要就是要表達出無盡蒼涼的思念感，所以在拉高音的時候一定不能降key，扯破喉嚨也要衝上去，才能把追不到妹的感情給帶出來……你無法想像當他唱到最高點時，台下全都笑倒的那種分不清喜劇還是悲劇的極端氣氛！

其實這眞的很神奇，平常不管台上的駐唱歌手唱得多好多認眞，台下的酒客都活在酒精跟情色的世界裡，那些嗓音只是各種交易的背景佈置，不值一哂，但這個黑衣男唱得之爛之糟糕之自我陶醉，卻讓所有人都不得不注意他。

起先大家只是嘲笑，結果黑衣男唱到最後大家全都因爲精神崩潰而瘋狂鼓掌，還群起大叫：「安可！安可！安可！」

於是盛情難卻，黑衣男只好順應大家要求又唱了伍佰的〈被動〉跟徐懷鈺的〈飛起來〉才下台。

「今天眞是太棒了。」我摸著笑痛了的肚子。

「一點也沒錯，這裡的觀眾實在是太熱情了，哈哈哈眞想多待幾天啊。」黑衣男笑著擦掉臉上的唇印，那都是幾個陪酒妹在他下台後，對他一陣開玩笑式的狂吻獻禮。

我送他到酒吧門口，這才發現外頭下著傾盆大雨。

也好，我想邀他再進去喝幾杯牛奶，聊聊他爲什麼一身西裝跑來這個龍蛇雜處的鬼地方，或許是黑衣男的身上有一種很白痴的天然幽默感吧，萍水相逢，我就是有一種很想多跟他相處片刻的感覺。

「這雨還會下一陣子，再進去坐坐吧？」

「妹都走光了，還坐個屁啊。」

只見黑衣男看著門外的大雨，皺眉拿起手機講了一串話。

不久後，有一個快遞小弟穿著黑色雨衣跑過來，專程拿了一把黑色的雨傘給他。眞是絕了，這小鎭哪來的快遞，至少我從沒見過。

黑衣男撐起傘，人搖大擺走進雨中。

我沒有問他的名字，畢竟我想要再遇到他是不可能了，何必裝模作樣。

沒想到黑衣男卻轉過身，大聲問我：「對了，你會彈吉他嗎？」

我愣了一下。

「如果你會彈吉他，下次幫我伴奏吧哈哈哈哈！」他大笑。

我還是無法反應過來。

就這樣，黑衣男的身影在大雨中漸漸消失。

12

隔天一大早，我就默默搭上火車前往別的城鎮準備我需要的傢伙。

泰緬邊界就有一個好處，「亂」。

法律的定義隨時都在改變，強者負責制定法律，弱者則負責接受。

事實上也沒有人眞的在乎法律，大家只在意價格。

只要出得起，有耐心，再奇怪的東西也會爲你標上價格。

我找了幾個專門做游擊隊生意的軍火商隨意攀談，把話帶開，不到三天就讓我找到專門做叛軍游擊隊生意的軍火販子。

準備了不少鈔票，我買了幾顆手榴彈跟照明彈，還有兩把軍規的自動手槍。然後到山裡實際試用了一天，以免實際要幹的時候生了手。都是很好的貨，沒有啞彈。有點抱歉的是，爲了不想走漏半點蛛絲馬跡，最後我還是把那兩個賣我東西的軍火販子偷偷宰了。這點是我不好。

你問我，我區區一個人，怎麼有把握在泰緬邊境搞那麼驚人的幫派老大刺殺活動？我也不知道該怎麼解釋，我就是覺得自己辦得到……更有可能我打心底覺得就算辦不到也無所謂吧。

不過命運就是這麼好笑。

就在我準備偷偷回去幹掉五個幫派老大的那天早上，我在火車站前公園椅上蹺著二郎腿吃熱粥，無意間看到壓在屁股底下的報紙。那怵目驚心的頭條照片吸引了我，見鬼了眞的見鬼了——在我來的那個小鎭裡，所有臉上帶著刀疤的妓女在一夜之間，通通都被殺掉了。

死光了。

我難以置信，這眞的是太好笑。

我只不過出門幾天，也沒說我從此不回來，怎麼平常我在罩的那群妓女就會遭殃？就算那些幫派看我礙眼想除掉我，怎麼也不該動那些妓女吧？

正確的順序應該是把我幹掉、接著再把那堆妓女搶過去幫他們賺錢才對，畢竟，如果他們沒打那群妓女的算盤，就沒有跟我開戰的理由。所以見鬼了現在是怎樣？把那些兩腿開開印鈔票的妓女都殺了？這麼做對誰有好處？

一份報紙不夠，我買了當天所有不同家報紙研究到底發生了什麼事。

通常泰緬邊境的幫派火併不太上新聞，妓女被殺也不是什麼了不起的事，但那些一夜被殺光光的刀疤妓女屍體被扔在大街上，像死豬一樣被亂堆成山，終於還是躍上了所有報紙社會版面的頭條。

標題寫著：「報復性屠殺？刀疤妓女堆屍如山！」「疑似報復，滿街妓女慘遭屠宰！」「黑幫用屍體宣示地盤！」「幫派火併，妓女遭殃！」等等，內文還有提到不具名目擊者的描述，大概就是一群又哭又叫的妓女被集中扔往大街，然後不明幫派用自動步槍朝她們身上一陣掃射，行刑一樣。

至於確切的理由，目擊者也摸不著頭緒。

不管是什麼理由，重點是，那些妓女全死了。

我不記得我在小鎮罩的妓女到底有幾個，畢竟後來自己胡亂加入的有一大堆，但我看報紙上那堆橫七豎八的屍體，那數量……大概，或許，可能，幾乎，差不多，就我認識的那群刀疤妓女全都在那堆屍體裡頭了吧？跳跳藍姊小冰桃子任姨雪雪小笨蛋波娃大奶寶肥妹娃娃阿水阿貞阿銀阿露還有一大堆女人一定全都在裡頭了吧？

「呼！」

我頓時覺得肩膀一陣輕鬆，不管她們是什麼原因被殺，都跟我沒有關係了。

只有活人的命運會不得不牽扯在一起。

死了，就什麼都不算數了。

我樂得輕鬆，既然這樣我就不必回到鎮上偷偷摸摸把那些幫派老大給幹掉。說真的，雖然我很有自信，但說不定我真的會失手死掉，畢竟我要動的可是一堆壞透了的地痞流氓啊！現在什麼意外都不會發生了，超級棒無敵棒簡直是頂呱呱！

可說也奇怪，我的眼淚卻一直噗通噗通掉出來。

混帳啊！我一定是很想念那把紅色吉他。

那把象徵著我的搖滾夢的紅色吉他，很可能已經在混亂中被那群王八蛋毀掉了。

喂喂喂喂喂那可是我很寶貝的吉他啊，當初我那麼認真幫它想造型，親自幫它上了漆，還想像自己超會彈吉他地刷了它一整個下午。我的眼淚一直掉一直掉，見鬼了我從來沒意識到我自己有那麼喜歡那把吉他。

儘管異常痛苦，我並沒有立刻去買一把新的漆成我最喜歡的火焰紅。我知道那把吉他無法取代，太快用新代舊更是一種背叛。唯一能做的就是放任我自己一直流淚，我也只能一直流淚。

我沒有回到小鎮確認那把吉他究竟還在不在。

有一陣子，我甚至忘了那把吉他上的紅色火焰是什麼形狀……

13

江湖上沒有永遠的秘密。

一個月後，我才從江湖打聽到了各路消息，拼湊整理出大致的「眞相」。

就在我離開泰緬邊境小鎭的那天晚上，緬甸軍政府一個權勢很大的將軍死了。死於槍殺。

據說下手的刺客神不知鬼不覺摸進了戒備森嚴的軍營，在大將軍的腰際射了一槍，子彈貫破肝臟不說，那刺客還拖著半死不活的將軍去找他當初舊情人的墳墓，讓他哭哭啼啼死在她墳前，動機莫名其妙。

刺客神乎其技摸進軍營也就算了，可他大刺刺移動將軍中間的過程當然不會太順利，有很多幸運沒死的人看到了那個刺客的特徵，其中幾個驚魂未定的將軍護衛說，那個刺客的腳步很輕，像貓一樣，從頭到尾手裡就拿著兩把槍。手槍。擋路的人全都閉上了眼睛。

兩把槍……兩把手槍……

緬甸軍政府死了一個將軍，放話出去要這個來路不明的刺客償命，不計代價。

泰緬邊境一帶幫派聽聞了刺客至爲明顯的特徵，人人心中有譜，當時我又見鬼了碰巧出鎭不在，根本就是證據確鑿。

爲了向軍隊邀功，幫派打算獻上我的腦袋，索性將那些刀疤妓女通通集中抓起來，在大街上嚷著要我出面受死，否則這些刀疤妓女只好代替我挨槍。

我出面個屁？我根本就不在鎮上。

那些幫派等了我一整個晚上，再不動手臉就丟大了，於是天一亮，答答答答答答答答，那些哭哭啼啼的妓女就被機槍一起擊斃，大部分的屍體都被打到支離破碎。

說完。

這件事該怎麼解決？

見鬼了哪有什麼好解決的，當那個將軍的肝臟挨子彈的時候，我還在快一百公里遠的地方苦苦找門路買手榴彈咧！我根本與那些妓女的死無關！

就算那些妓女死前巴望著我去救她們，那也是她們一廂情願。我是個什麼樣的貨色，每天跟我睡覺的她們難道還不清楚？要說得更清楚，就算當時我人在鎮上，我也絕對不會白痴到走到街上送死，見鬼了又不是拍英雄電影。我會躲好。認眞躲好。

現在她們死了，死光了，我唯一可以做的就是永遠離開等待我用矯情的復仇心態雙手獻上首級的泰緬邊境，免得多死一個人。

日子還是一天天的過，沒多久，當我不再下意識爲那把藍色……還是紅色？應該是紅色的吧？總之當我不再下意識爲那把紅色吉他流淚的時候，妓女被幫派屠殺的新聞也沒人想起了。

偶爾那個有點聒噪的跳跳出現在我的夢中，她的臉孔也是模模糊糊，像一堆馬賽克，連刀疤都看不清楚，至於我爲什麼知道這個臉孔模糊的女人是跳跳，恐怕也是我自作多情的以爲。

雖然我完全不在意那些妓女的死，而且我也不在意幕後主使者是哪一方的勢力，不過我倒是非常好奇，那個受命「冒充我」幹掉將軍的刺客到底是誰？說不定那個刺客根本不是「冒充我」，而是恰恰好是另一個擅長同時使用雙槍的槍手，如此而已。

我只是好奇，卻沒有能力找出答案。

既然沒有能力找出答案，漸漸的我也不再多想了。

14

風平浪靜之後，我身上帶的錢也差不多花光光，不過我完全沒想到要再用「被搶劫」的方法掙錢，大概是下意識不想重來一次相同的命運。

那段閒閒沒事的日子裡，我跟幾個看起來像是兇神惡煞的傢伙被「看中」，輾轉受雇於一個特殊的人口轉運集團。很爆笑的是，這個人口轉運集團聽起來很邪惡，其實是一個天主教底下的慈善組織，那些神父專門幫助藏匿剛剛從北韓逃出來的難民——也就是俗稱的「脫北者」。

據那些脫北者說，在泰國當一條狗，至少還是一條吃飽的狗，在北韓當人呢……就只是一個準備活活餓死、好投胎到泰國當狗的人。所以囉，脫北者基本上只要把命活著離開了北韓，就算是成功一半了。

接下來大致有四種不同的逃亡路線可以選擇。

有人逃往中國東北融入當地生活，但中國當局偶爾會抓幾個脫北者遣送回北韓做做外交業績，有一定的危險度，所以這個路線比較適合女人，因爲女人可以率性地嫁給當地人安身立命嘛。

有人混進中國後，就千方百計想衝到南韓在瀋陽的領事館尋求政治庇護，想藉此直接被以南韓難民的身分大方前往南韓。不過這種舉動趨近瘋狂，大部分還沒衝進領事館就會被中國警察給攔截，打包扔回北韓，送集中營直接升天歸西。

也有的人選擇組隊通過戈壁沙漠逃往蒙古，希望蒙古政府「遣返」他們「回」南韓。蒙古政府心腸好，幾乎都會照脫北者的希望這麼幹，不過常常有人捱不過在戈壁沙漠裡長途跋涉的艱辛，最後營養不良死掉，算是我個人很不推薦的路線。

至於我加入的天主教組織，算是走比較安全的第四條路線，當我們帶領脫北者安全離開中國雲南邊境，轉往安全的泰國暫留後，等到一定的時機，那些脫北者再集體使用變造過的護照前往脫北者最嚮往的南韓，或是乾脆在泰國長期非法拘留當黑工。

幫助淒慘的脫北者是不是一件很搖滾的事？是嘛！

很搖滾的我在裡面負責安全維護，一有什麼緊張狀況，我就會跟其他兇神惡煞出面把場面搞定。說起來很威風，但實際上就只是給大家壯壯膽，遇到警察盤問或刁難時通常只要給錢就可以打發，畢竟那些警察也知道這堆胳膊瘦得比火柴棒還要細的難民只是想找個地方安頓下來罷了，對治安沒什麼威脅。

有趣的是，這件很搖滾的事做久了，我的語言能力又多了一點不同。記得嗎，我原本就會韓語……嗯，這也是我之所以會受雇於那些神父的原因，但我跟那些來來去去的脫北者混了整整半年，聽他們反覆說著不同卻又相似的背景故事，久而久之我的韓語也混雜了一些北韓的腔調跟用詞，而且混久了也改不回去，語言眞是一種非常奇妙的東西啊。

只是啊，跟同一個女人做愛一千次，那女人再漂亮，對老二的吸引力也有限了。差不多當我耐性用盡，再搖滾的事也都不再搖滾。我想我眞的不足什麼好人。

「爲什麼不想做了？」神父的眼神裡透露著可惜。

「我覺得我不是個好人。而且，這也不是我的夢想。」我倒是不介意他的可惜。

「那，什麼是你的夢想呢？」

「就因爲不知道，所以才要去找啊。」我沒好氣地說。

其實不用找，我很知道我眞正想做什麼。

徵求那些神父的同意後，我決定混在那群脫北者的行列去南韓，到那裡去繼續尋找我該做的事，嗯，我是說，也許有一個窮困潦倒的吉他手正在某個很時尚的酒吧等著我，命運的大會合之類的。

這次我是眞的要離開泰國了。

15

在我離開之前，我找了一間不入流的爛旅館，將那些從沒有派上用場的手榴彈跟軍規手槍藏在天花板的夾層裡，留給某一天不經意發現它們的人用。至於那個人是誰、用在誰身上、會不會眞的有人發現，早已不是我關心的範圍。

我打算光明正大跟那群脫北者透過我們最頂級的管道——用假護照大大方方搭飛機入境南韓。而變故就在這計畫之前發生。

那天我正坐在後巷樓梯間抽菸，順便看看有沒有什麼可疑的人接近教堂時，另一個叫阿南的保鏢慌慌張張地跑過來跟我說，事情不好了，神父要我們快點換個地方藏匿脫北者。越快越好。

「爲什麼要換地方？不夠錢給那些警察嗎？」我將菸捻熄了。

「我們另一間教堂被抄了，事情不太妙啊！」

阿南神色緊張地看著後面，好像有什麼可怕的東西隨時會出現似的。

「被抄？被誰抄？」我皺眉，站了起來。

「不知道，但那裡的弟兄都被做掉了，那些脫北者也……一個都沒活下來……」阿南氣喘吁吁地說：「這裡也不安全了火魚哥，我們得快點找個地方藏好！」

「都被做掉是什麼意思？」

「還問什麼廢話！他們全都被殺掉啦！」

怪了，一群等待假護照飛南韓的可憐脫北者能夠惹什麼人？神父又能惹什麼人？警察頂多勒索，頂多抓人，絕對不會動刀槍傷人命，當地的幫派更不會來找脫北者的麻煩，事實上有很多脫北者都在泰國黑幫裡擔任像我以前一樣的工作。那麼到底是誰有那種強烈動機把脫北者集體幹掉呢？

正當我想多問幾句的時候，阿南的臉忽然多了一個大洞。

……黏黏的鮮血都噴到我的臉上。

我的意識還沒完全反應過來，我的身體已自動往後一彈，將門撞開，帶著我一路向後滾進教堂裡。在翻滾的同時，我聽見金屬柵欄門板被子彈擊碎的聲音，如果我剛剛沒有來得及逃開，我人生最後的風景就會是後巷狹窄的天空了。

我沒有時間慶幸，因爲這種子彈擊發的簡潔節奏讓我不寒而慄。這不是一般的胡亂開槍，而是我從沒遇過的職業水準——見鬼了！這裡怎麼會被職業殺手給盯上？！

一道讓我呼吸不過來的閃電打進了我的腦袋，轟得我眼前一黑。我幾乎可以確定，惹到瘟神的人，不是別人，是我——一個膽敢殺掉緬甸將軍的人！

懸賞令根本沒有取消，那些職業殺手完全衝著我來，來獵我的頂上腦袋！

我已經有半年以上沒動過手了，究竟我的行蹤是怎麼洩漏出去的？

停止啊笨蛋！停止思考這種無關緊要的事！

細微的聲響在教堂裡隱隱作動，那些細微聲響忽然散開來，朝四方消失。

「……不止一個人。四個？六個？」

我的第六感警覺，這些職業殺手不只訓練有素，還是一支有合作默契的隊伍，見鬼了眞的是。我暗暗後悔，應該放在我身上的槍怎麼會被我遺棄在某個爛旅館的天花板上？

接下來我聽見樓下一陣嗚咽的低沉嚎聲。不是慘叫，只是嗚咽。我猜測有刀子在某個脫北者或神父的喉嚨上劃開，讓他們在無法出聲的狀態下等死。

雖然是因我而死，但我一點也沒空同情那些脫北者，我脫下鞋子，赤腳在熟悉的教堂裡矮身快跑，想快一點弄清楚那些職業殺手有幾個人，在他們搞清楚這間教堂的結構之前我得儘快撂倒其中一人，拿到他的槍，我才有一絲生機……最好是兩把槍。

那些脫北者或神父或牧師逐一倒下的聲音，讓我嚇都嚇死了，但它們同時是我最好的線索，如果我沒膽量接近它們，我就無法逆轉絕境。

忽然廚房裝滿骨瓷碟子的木櫃整個摔倒的巨響，給了我明確的方向，以及趁機衝刺的最好機會。我壓低身體快跑過去，忽然我撞見一個脫北者朝著我前方的走廊橫跑過來。

「快逃啊！」那脫北者大叫。

接著他表情錯愕地半飛起來。

一顆子彈從後面穿過他的膝蓋，幾乎將他的左小腿炸離身體。

他顫了一下，然後倒下。他拚命地大吼大叫，子彈卻沒再追過來要他的命。很清楚，那些職業殺手改變了策略，他們想讓傷者的哭喊聲引誘所有人受不了恐懼跑出來，然後輕輕鬆鬆幹掉我……或所有人。

果然事情如他們所料，一堆原本將自己藏好的脫北者不顧一切跑了出來。我聽見好多倒下撞地的聲音。這根本就是屠殺。

來不及細想，我從另一條走廊閃了進去，迂迴跑向可能其中一名殺手的位置。

那可怕的四目相接就在下一秒鐘發生了。

那職業殺手當然拿槍指著赤腳速行的我，表情似乎有點難以置信。

「……」我也愣住了，無法動彈。

小熹？

那個連槍都拿不好的小熹？

「火魚……哥？」小熹猶豫又糾結的表情，似乎也不敢相信自己的眼睛。

自從我們分開已經差不多快一年的時間，當初像個笨蛋一樣的小熹在這段時間裡肯定有很特別的際遇，讓他脫胎換骨成爲可怕的職業殺手……等等，現在根本就不是思考那種事情的時候吧。現在是講人情講義氣的時候。

我距離停止呼吸只有一個扳機的瞬間，要不要出聲哀求他根本不用懷疑。但我就是開不了口，見鬼了小熹理所當然不能對我開槍才是。

但指著我的槍並沒有放下來。

「火魚哥，不好意思，你今天運氣不好。」小熹的眼神忽然變得很篤定。

「……」我凝視著被我救過好幾次命的小熹。

忽然我明白了，這就是小熹爲什麼可以變成職業殺手的原因。我今天勢必死在這裡。死在一個捨棄了做人道理、以成全某種殘酷價值的陌生怪物手上。

就在小熹扣下扳機的這一瞬間，異常的精神壓縮感在我腦中爆炸開來。當年在泰國那個吸毒者的自殺現場，我跟那個白痴警察你一槍我一槍對幹的最後一顆子彈所牽動出來的特殊感覺，又重新回到了我身上。

好像有一股火焰在我的皮膚表面燃燒著，然後燒進了我的內臟裡。那是全身細胞的大爆發前夕。爲了躲開中距離的這一槍，我全身上下的每一顆細胞都準備好了能量，預備提供給每一條神經與與每一條肌肉使用，我當然不可能比子彈還快，但我可以壓榨每一滴視力鎖定槍管的角度，在子彈噴出的前一刻預測它預備行經的軌道，然後提早十分之一秒躲開。

在感覺的特異化之下，時間的狀態被高度濃縮了。

然後是視覺的幻覺化。我自認看見了小熹手指的筋肉微顫，一直連結到他肩膀上的神經與肌肉，彼此牽動，像一條柔軟的鞭子。

不管能否完全躲開這一槍，我都必須在小熹扣下第二次扳機之前，用最快的速度衝近他——但這些都沒有發生。

生死一瞬，我的動態視覺肯定達到了我個人能力的顛峰。

那一刻我看見的畫面可說是無比清晰，無比清晰的暴力。

牆壁破了。

小熹左側的牆壁破了。

破了，於是石塊噴裂，粉塵激滾，卻有一個拳頭以更快的速度，穿過那些浮在半空的石塊與碎屑，後發先至一路擊碎，以無法置信的力道揍向小熹的左臉頰。

非常戲劇性的，小熹的表情停留在不得不殺掉我的遺憾上，然後整個被摧毀。我聽見「啪」的一聲，毫無疑問他的頸子整個折斷。有那麼一秒，我還以為他的頭會整個被打飛出去。

小熹來不及扣扳機，而我也根本沒有衝出去。

那拳頭慢慢伸回牆壁另一端的時候，我才瞬間醒神，衝了過去。

我看見破洞後面，站了一個前幾天才加入教會陣營的脫北者。

他很高，可身體因長期處於瀕死程度的飢餓而異常削瘦，衣服穿在他身上根本像條體積過大的薄棉被，他的臉頰骨凹陷到幾乎只剩骷髏骨架，頭髮因缺乏營養呈現半灰半黑的粗糙色感，嘴唇也乾癟沒有彈性。可他的眼神與他的體態極不相稱，炯炯有神，像一頭狼。

一頭飢餓到，就算遇上老虎也只想撲獵啃食的，狂狼。

「謝謝。」我撿起了小熹手上的槍，掂了掂，忍不住向他微微點頭。

那脫北者只有一層薄皮包覆骨骼的巨大拳頭，竟在冒煙。

一股，刺鼻的煙硝味。

「……」擁有一隻足以擊穿牆壁的鐵拳，那脫北者只是面無表情地看著我。

「他們是來找我的。」我晃了晃槍，老實地說：「不過我一個人對付不了他們。」

擁有鐵拳的脫北者沒有點頭，也沒有搖頭。

「我們一起幹掉他們吧。」我笑了。

擁有鐵拳的脫北者用沉默的步伐接受了我的邀請。

我想我開始同情那些天真的職業殺手了。

鐵拳脫北者跟我並非合作無間，其實我們只是各自幹各自的，卻無意間達成了一種殺戮上的強烈共鳴。我開槍，他揮拳。然後我得到了第二把槍，迴廊上多了一個胸骨凹陷的屍體。

接著我獨自幹掉了一個拿著衝鋒槍的女殺手，用了六顆子彈。

同一時間，我聽見讀經房裡傳來奇怪的爆裂聲，我猜剛剛有人的腦袋或肚子被打爆了。我走過去看，發現我通通猜錯，見鬼了我頭一次看到人類脊椎骨被整個打彎、身體所曲折呈現的奇形怪狀。

正當我讚嘆不已的時候，一個穿著迷彩軍裝的殺手踢破門，反手一刀割破了我的肩膀。我之所以僅僅被割到肩膀而不是整個人被砍死，當然就是我奮力躲開的結果。

我朝迷彩刀手開槍，他躲過了一顆子彈，另一顆也只擦過他的臉頰。我猜剛剛我雙手扣下扳機的時候，這個刀手的五感也一定達到非常極端的異質化，才能在這種距離閃過我的攻擊。

不過他閃過了我的子彈，卻沒有閃過另一顆拳頭。

鐵拳脫北者即時躍進了那刀手剛剛踢破的門，還沒落地就給了他一拳。

那迷彩刀手的反射速度真不是蓋的，他硬是用肩膀承受了那一拳，另一隻手神速地將藍波刀砍向鐵拳脫北者。

鐵拳脫北者大概不是個防禦的好手，那刀子致命地砍在他的胸口，不過鐵拳脫北者絲毫沒有後退，而是掄起另一隻拳頭砸向那個迷彩刀手。

那個迷彩刀手的臉上充滿驚愕，因爲他絕對沒有料想到剛剛用來擋拳的肩膀整個碎掉，那隻手完全抬不起來做任何應變。

我開了槍，鐵拳脫北者揮了拳。

迷彩刀手飛出了窗戶，摔到後巷上。而忽然出現在鐵拳脫北者身後的一名職業殺手，則來不及扣扳機暗算，就被我射出的兩顆子彈給送上西天。

這時我注意到剛剛那一刀在鐵拳脫北者的胸前劃出了一條非常奇特的切口。那切口竟然沒有流血，只留下難看恐怖的創口，不知道是過瘦的鐵拳脫北者身上缺乏豐沛的鮮血，還是他看似單薄的肌肉實際上卻異常結實。總之，我知道他今天死不了。

「多虧你。」我鬆了一口氣，這時肩膀才開始發熱，超多血湧了出來。

「……」鐵拳脫北者轉身就走，完全沒有要幫我肩膀止血的意思。

打獵還沒結束。

我只好暫時忍住肩膀上的劇痛，慢慢走出讀經房尋找剩餘的職業殺手。

現在立場完全反過來了。一個還沒意識到任務已提早結束的光頭殺手，在走廊牆後跟我對決，一人一槍，你來我往……嗯，只是表面的對決，因爲我只是慢慢開槍牽制他的位置，等待鐵拳脫北者從另一個方向靠近那光頭。

還需要解釋嗎？

當我聽見呼咚一聲，就趕緊衝過去欣賞鐵拳脫北者的最新作品。

答案揭曉，那光頭整個頭都被砸進了牆壁裡——真的就是這樣。我幾乎想立刻衝去街上買一台拍立得拍下那殺手整個腦袋被摜進牆裡、身體卻斜斜在外的怪異畫面，他的手腳都還在抽搐發抖，見鬼了竟然還沒死！

我補了一槍，算是對他的一點點同情。我想了想，順便補了四、五槍滿足我好久沒殺人的空虛感，順便告訴下一個殺手我的位置。來吧來吧。

不過所謂的下一個殺手並沒有出現，不久我聽到了樓上玻璃輕輕碎開的聲音。我想他已經從窗戶那裡逃跑了。我沒有追上去，因爲我覺得替我那該死的肩膀確實止血比較重要。倒是那個鐵拳脫北者毅然決然爬出碎窗，東看西看，朝著他一心認定的方向追上去。

我不認爲那個殺手回得來。

但我也莫名篤定，那亦是我看到鐵拳脫北者的最後畫面。

16

教堂死了很多人，當然也驚動了當地警察。

在那些總是遲到的警察跟鑑識人員把教堂搞得翻天覆地之前，我試圖在那些職業殺手的身上多搜刮一些資訊，看看能不能找到到底是誰想買我的人頭，卻赫然發現一件讓我錯愕不已的事情。其中有三個殺手的口袋裡都有同一張照片，而那張照片上面的主角並不是我——而是那一個鐵拳脫北者。

雖然照片裡的人依舊高大，但精壯許多，臉色紅潤，頭髮烏黑，但他的眼神絲毫沒有改變，炯炯有神，毫無疑問他就是跟我短暫並肩戰鬥的那一個鐵拳脫北者。

也就是說，這些職業殺手其實不是衝著我來，而是來取這一個鐵拳脫北者的命。難怪小熹看到我的表情有些驚訝，在扣下扳機之前還說我今天運氣不好，原來是這個意思。

除了小熹、還有兩個殺手看似東南亞人的面孔外，其餘殺手都看似典型的韓國人面型，細眼睛，寬臉頰，窄下巴，包括那一個非常會使刀的迷彩高手……該死的我的肩膀真的很痛，神父他們包紮的技術真是有夠糟糕。離題。那些韓國面貌的殺手身上都刺著一組排列邏輯接近的號碼，我的直覺告訴我，那是軍隊某特種部隊的編制番號與個人代碼，所以與其說他們是職業殺手，不如說他們是專門幫國家做壞事的鷹犬。

哪一個國家的鷹犬？如果從南韓跟北韓選一個的話，十之八九是北韓那個爛國家吧。而小熹等東南亞面孔的殺手，或許是那些北韓鷹犬在當地找來的在地幫手，如此一來既有強龍壓境，也有接應的地頭蛇。

嘖嘖嘖，原來想要鐵拳脫北者死的雇主，評估任務要成功，至少需要這麼多職業殺手才有辦法做到嗎？

「原來他那麼厲害啊？」我喃喃自語，原來我一直在自作多情。

鐵拳脫北者到底做了什麼事，搞到他必須逃離自己的國家？見鬼了我當然不知道，只知道那件事肯定非常厲害，不然雇主不會在他逃離北韓後，還處心積慮把他殺掉。

如果那些擁有典型韓國面孔的殺手眞的是我所猜想的國家鷹犬，那麼，鐵拳脫北者很可能在過去是他們之間的一份子，因爲他們的口袋裡並沒有鐵拳脫北者的照片，而是另外三個當地殺手才有，大概是那些鷹犬早已記住了他的臉孔。

我將那些照片燒掉，總覺得可以幫那個素昧平生的「朋友」少點麻煩。

這場殺戮方變來變去的大屠殺裡死了很多脫北者跟教會人員，當然還有幾個職業殺手，不過幸好沒有傷及一般老百姓，加上天主教會的關係勢力很大，這件事暫時被壓了下來，以後會怎麼發展以後再說，反正不關我的事。

神父一直嘆氣，問我還要不要去南韓展開新生活，我說廢話。神父說那就儘快走吧，他看我眼神好像當我瘟神似的。喂喂喂，雖然我的確表演了一下殺人的技術，但我可是幫了你們一個大忙好嗎？什麼態度。

就這樣，教會火速送走了幾個僥倖沒死的脫北者。還有我，混在裡頭的假脫北者。進了南韓我們就按照老方法主動向機場海關自首，省下一堆不必要的麻煩。

南韓政府原本就有系統地接收從北韓脫逃的難民，不過就因爲這個行之有年的制度很有系統，所以在身分確認上特別嚴格。南韓的相關官員按照既定流程問了我上百個問題，一方面是建立關於我的檔案，一方面是想辨別我究竟是不是北韓的間諜。

難得倒我才怪。我從那群脫北者的身上聽多了一堆見鬼了的悲慘故事，我輕而易舉假裝自己是土生土長的北韓人，編造了許多關於我在平壤成長的童年記憶。他們要我列出我在北韓的親戚名稱與關係，我就將那些死在教堂裡的脫北者、以及他們千篇一律的故事黏貼進我胡謅的族譜。喔對了，忘了說我肩膀上的刀傷還是我在逃亡的過程中遇到北韓士兵追捕被砍，可見我能活下來是多麼的幸運。

在那些不斷重複的官方問話下，我不曉得有沒有辦法矇混過去，反正我已經盤算好了，只要我察覺那些官員開始懷疑我，我就想辦法逃走。我知道我有這種能力，只是從此以後我的身分就會是一個尚待解決的問題，我得多點耐性騙到一張可以讓我不必東躲西藏的公民證。

總之我很幸運地被接受了。

南韓政府安排我上了一系列如何加入南韓自由民主社會的課程，以及一些簡單的工作訓練，還給了我每個月基本的金錢幫助我在短期內安定下來，就跟我之前所知道的都一樣。

所以我現在終於有了第一本，我是說，這一世的我擁有的記憶裡第一本，眞正的護照。在護照裡我有了一個胡謅的怪名字，金橫泰。這個見鬼了的陌生名字只會出現在這一段敘述文字裡，比起我胸口上抹消不掉的刺青，根本性的不重要。

爲了慶祝我終於遠離我失去吉他的傷心地，那晚我一個人到酒吧聽歌喝酒。

那依然是一間沒有水準的酒吧。歌手是個死娘砲，自彈自唱一些讓人呵欠連連的爛民謠，如果讓他給我伴奏，我恐怕會失手在台上殺了他。唉，我又想起了那把綠色的吉他，害我有點鼻酸起來。幸好我現在正在一個距離酒精很近的地方。

「給我一杯火焰舌頭。」我的手指輕敲桌面。

我常常對別人說我不在乎以前的自己是一個什麼樣的人，我有一半是認眞的，另一半當然是嘴硬。

認眞不在意的那一半，我該說既然我對前一個自己毫無印象，失去「他」也就理所當然沒有痛覺。嘴硬的那一半，當然就是嘴硬，要不然我不會一直強調我不在意。

不管是認眞的不在乎還是不認眞的嘴硬，總之過了今晚我就不想再去偷偷思考我到底可能失去過了什麼東西，就當作「如果是眞正値得留下的東西，那就根本不可能失去」吧。

比如我會潛水，沒有失去。我會三角函數，沒有失去。我會說一大堆邏輯迥異的語言，不僅沒有失去，見鬼了我甚至連柬埔寨的某個地方話我都學會說了，沒有失去。我會開槍，沒有失去。這些都很重要，重要到即使我忘了我自己，我還是完全沒有失去。太棒了，我眞是頂呱呱。

我敬我自己一杯。今晚唯一的慶祝活動就是將我自己灌醉。

但我沒有成功。

在第五杯酒放在我面前的時候，他也在我旁邊坐了下來。

「我得承認，沒想到會是在這裡。」

那個又矮又胖的老男人挨了過來，熟絡地看著我。

「還是讓你找到了。」

17

「?」

我很詫異地看著那個矮胖的、有點禿頭老男人。

他說的是華語。而這裡是南韓。

這禿頭老男人跟我第一次見面就說了不是當地韓語的異國語言。

「我認識你嗎?」我瞪著他,當然說的也是華語。

「認識?」矮胖的禿頭老男人失笑:「別開我玩笑了,總之,終究還是讓你找到我了,這次我眞的是無話可說,哈哈。」

「嗯。」

「你看起來,好像……好像……」

「好像什麼?」我抓著酒杯的手有點顫抖。

「沒什麼,哈哈。」禿頭男不置可否。

天啊天啊天啊,他在說什麼啊?

終於我眞的遇見認識「上一世的我」的人,但我竟然感到莫名害怕。

想想，這個世界上有一個比我自己還要認識我自己的人，到底他知道我的什麼事，知道到什麼程度，我們以前是什麼關係，我都不知道。

忽然我有一種赤身裸體坐在酒吧打手槍的感覺。

「……」我打量著他，試著表現毫不在乎的鎮定。

「至少……」矮胖的禿頭老男人嘆了一口氣，幽幽地說：「告訴我你是怎麼找到我的吧？」

我不回應，別過頭逕自喝著手上的酒：「每個人都有自己的辦法。」

我絕對不想承認我不認得他，一點點慌亂的樣子也不願意擺出來。

事實上我大可以纏著這個禿頭，拜託他請求他逼迫他告訴我所有一切他所知道的我的事情，但或許是出於一種難以分析的彆扭，就算我突然眞的想知道我以前是「誰」，我也不想透過其他的人嘴巴告訴我。

絕對。不要。

我故意擺出一副冷漠的樣子。

「眞的是太久不見了，有幾年了啊到底？兩年？三年？有三年那麼久了嗎？哈哈哈哈哈我差點以爲你完全把我給忘了呢。」那禿頭男說著說著，忽然自顧自大笑起來。

「無所謂吧。」我擺爛喝酒，說著模稜兩可的台詞。

「所以？」

「見鬼了，沒什麼所以。」

「哈哈。」

「……」

「說的也是，有些事總是變來變去，誰也說不準是吧？」

「你怎麼說都行，反正我無所謂。」我持續將這種無意義的對話進行到底。

見鬼了怎麼辦？

我一邊將酒慢慢倒進嘴裡，一邊思考眼前的狀況。

我想起我剛剛踏進這間酒吧的第一眼。或許是我幹過那麼多壞事的下意識吧，單單就那一眼，我就自然而然將整間店的概況抓進我的腦袋裡進行連我都不知道的分析。此刻我忽然察覺到，其實我那一眼就特別注意到那個猥瑣禿頭男的存在，二十分鐘前他坐在角落，跟兩個看起來眞不怎麼樣的胖女人有一搭沒一搭的喝酒，而他的眼神跟我對到一次，我看見他似乎在那瞬間拿不穩酒杯。

是了，他的確認識我，且知道了我某個不尋常的秘密，而這個秘密卡在我跟他之間某種我還不明白的關係裡。而那秘密似乎對他不利。至少是一個「以前的我」會不喜歡的秘密。

但是禿頭男卻主動走過來向我搭訕，語氣熟絡，顯然他認爲我跟他之間的關係覆蓋了一點交情，至少是一種可以好好喝酒聊天的那種情分。

不過從對話的語句裡面來看，禿頭男好像爲了某個原因刻意躲了我幾年，在他也同意的、特定的立場或動機上，我天經地義必須找他的麻煩似的？見鬼了我當然一點都想不起來。

以上都是猜測，再怎麼合理的猜測都可能是胡說八道，但唯一可以確定的是，我當然不是爲了找他麻煩而來到這間酒吧，但禿頭男卻以爲我是刻意來這裡堵他，我剛剛踏進酒吧的那一次見鬼了的四目相接，更確定了他的懷疑。

所以呢？還真的沒有什麼所以。我只想離開這裡。

「沒有什麼特別想跟我說的話嗎？」禿頭男爲自己倒了一杯酒。

「暫時沒有。」我看著手中酒杯反射的他的臉。

「眞像你的作風。」禿頭男咧嘴笑了笑。

「……」我避開他的視線。

之後我默默喝著酒。禿頭男也喝著酒，不再說話。

我們兩個喝酒的速度不大一致。我喝一杯，他大概灌了自己三杯。我喝三杯，他已經抵達了第十一杯。就在我幾乎失去耐性想做點什麼的時候，他腳步漂浮地離開位子，才走一步就吐了，吐得唏哩嘩啦。

店家趕緊過來收拾，一臉嫌惡。

而禿頭男沒有理會我，東倒西歪地走向洗手間的方向，久久沒有回來。

我看著身旁的空位，有一種感覺隨酒精快速衝上我的腦袋。見鬼了我絕對無法忍受這個世界上有除了我之外的人比我更清楚我的事，這一點道理也沒有。

於是我站了起來，走向洗手間。

我不確定我要做什麼，但比起痛打他一頓，更可能我會在廁所裡直接幹掉他。

是的我沒有槍，至少現在我並不覺得想重新開始新人生的特別需要槍，但我知道我可以輕鬆扭斷這隻禿頭豬的脖子。趁他繼續對我講那些不知所云的爛對話之前，我一定要搶先伸手出去。至於他到底虧欠了以前的我什麼我不想知道，那不會是我幹掉他的理由。

更正確來說，我就是不想知道那種東西所以我才一定要幹掉他！

意料之外，廁所裡沒有人，只有一個被打破的氣窗。

氣窗邊緣的毛玻璃上有不少血，還有被割裂的衣服碎片，可以想見那個禿頭男有多麼奮力把自己的肥胖身體從小小的氣窗裡像牙膏一樣擠出去，搞不好連肋骨都給擠斷了。

幹他到底是有多怕我？

既然那麼怕我找他麻煩，又爲什麼要挨著我喝了那麼多酒？

當我是白痴嗎？以前的我有那麼好講話嗎？

馬上追出去的話，我能夠趕上他嗎？我能在他開口之前就把他幹掉嗎？

我不想知道答案，只是回到座位上繼續擺爛喝酒。

我一點都不悶，反而有一種鬆了一口氣的感覺。如果知道我秘密的人都急著想要逃離我，那麼我應該就不需要擔心我忽然知道了我不想知道的任何事才對吧？

很好，滾吧。

不久後這間爛店人都走光了，只剩下我一個人孤孤單單地自我麻痺，一邊慢吞吞喝酒，一邊聽著用投幣點唱機播出來的西洋老歌。

不意外，拿著拖把的酒保表情帶著怒意地從廁所的方向走向我，他肯定也發現了那破掉的氣窗，連帶接下來他想問我的問題我也猜到了。

「你的朋友從廁所逃走了，你知道吧？」酒保語氣不善。

「關我屁事。」我哼哼兩聲。

「我不知道你們是怎麼回事，但既然是你朋友，你得幫他付酒錢才行。」

「……隨便吧。」我冷笑了一下，如果我有槍，我一定用子彈買單。

可惜沒有。我沒有槍也沒有子彈。

不想廢話的我付了帳，櫃檯酒保便將禿頭男放在沙發上的公事包拿給我。

我沒有興趣那種爛東西，不過我更不想一個認識以前的我的人有任何東西出現在別人的手裡。於是我拿走了禿頭男的公事包，沉甸甸的。我祈禱裡面沒有任何屬於以前的我的東西。

我一回到我暫時的租屋便打開來看。

裡面有兩疊厚厚的百元美金鈔票，還有三張4X6的照片，三張照片的主角都是同一個人，一個非常粗壯的黑人，說是拳擊手的體格也不為過。

第一張照片裡的黑人穿著西裝笑容可掬與人握手。照片後面寫著日期、某個位於首爾的旅館名稱，以及一個英文名字，叫尼爾，我猜想就是這個黑人的名字吧。

第二張照片是那個黑人在私人遊艇上喝啤酒的模樣，戴著墨鏡，下巴留了一小撮鬍子，角度與第一張照片不大一樣，照片後面則有一串韓文，大意是這個黑人的生活習慣，簡單扼要，也提及了這個黑人的家庭與事業背景。

第三張照片的背景在健身房，黑人亦裸上身正在舉重，照片從他的背後拍攝，黑人的背部有一個很大的刺青，是一張女人的臉。這張照片背後則密密麻麻註記了非常特殊的字句，還做了編號：

(1)那女人模樣的刺青圖案必須被徹底毀掉，眼睛部分挖開，嘴巴割花。

(2)在尼爾死前必須告訴他，是愛蓮娜要他的命。不過提醒尼爾，愛蓮娜還深愛著他，只要尼爾趕緊向殺手懺悔，殺手就會火速送他去醫院急救。

(3)記下尼爾對愛蓮娜的懺悔。

(4)告訴尼爾，愛蓮娜根本不可能原諒他，所以也不會送他去醫院，請殺手盡情嘲笑他的愚蠢。

(5)記下尼爾被嘲笑的反應。

(6)割下尼爾的生殖器，並用果汁機在尼爾面前打碎，逼他看。

(7)告訴尼爾，愛蓮娜其實還是很愛他，剛剛的事很對不起。

(8)告訴尼爾，才怪，去死吧。

(9)確實殺死尼爾。

除了這三張照片之外，還有一把塑膠鑰匙。這鑰匙造型很普通，上面用紅白色標籤紙黏著，標籤上面寫了一串號碼，大概是某個車站的某個櫃子的編號吧。

這三張照片加一把鑰匙，我一看就明白是怎麼回事，不就是殺人嘛有什麼了不起，這種勾當我做過，而且還做過不少次，在泰國嘛我說過了。

我點了一下那兩疊鈔票，哇這報酬挺豐厚，比起來，以前我在泰國替幫會做事的酬勞簡直像是乞丐，只是照片後面的要求婆婆媽媽，眞是好笑，見鬼了什麼向愛蓮娜懺悔，什麼才怪，眞的是快笑死我了哈哈哈哈哈哈哈哈。

「這麼說起來，那個禿頭是個殺手？」

我才剛剛自言自語完，就大笑了起來。

不，那個從廁所氣窗逃之夭夭的死禿頭當然不是殺手，他多半是幫某個黑道老大仲介殺手之類的小角色，而這些照片跟鑰匙肯定是要交給某個殺手。嗯，是了，他是預備放在某個車站或機場或百貨公司裡的密碼櫃讓某個殺手去拿資料吧。

重複看了一下照片背後的日期，不得了，預計動手的規劃日期竟然就在後天晚上，那個叫尼爾的黑人大後天一早就會搭飛機離開首爾，即使之後再動手幹掉他，也不符合那個叫愛蓮娜的瘋女人的智障要求。

嘖嘖，看樣子禿頭這案子十萬火急啊，資料又都意外落在我的手上，如果他沒事先多留一份的話就要吃屎了。

那禿頭可能多留一份嗎？不。照片後面的字跡都是手寫，而且多留一份買兇資料是要幹嘛？只會給自己找麻煩。

酒精開始作用了。我將那三張照片扔在桌上，鑰匙則丟到垃圾桶裡。

睡著之前，我突然笑了出來。

這一笑就一直笑個不停。

「真想看看尼爾的表情啊。」

18

見鬼了還能怎樣發展？當然就是那樣發展。

所有的過程都是無聊透頂的細節，瑣碎，流水帳，不值一哂，總之我用了所有人仔細研究過十部犯罪電影後都可以想出來的方法，在第一張照片背後要求的時間，出現在第一張照片背後要求的旅館房間裡。

當然了，我猜不管是哪一間旅館的房間都不可能出現果汁機這種家電，於是我自己拎了一台。而那台果汁機此時此刻就放在尼爾面前。我插上電。

「我對愛蓮娜跟你之間到底發生了什麼事，一點興趣也沒有，只知道有時候女人對男人的恨意眞的很變態，尼爾，今天的你應該很有感觸。」

我放下正冰敷著我腫起來的嘴角的冰塊包，將尼爾的老二放在果汁機裡，隨手再從冰箱裡的迷你吧拿出一罐冰啤酒倒在裡面，附帶一問：「這東西我第一次做，沒經驗，多多指教啊。你覺得還要加一點別的什麼嗎？」

「……」尼爾痛苦地嚎叫。

我根本聽不懂他要加什麼，見鬼了我只好自己猜：「洋芋片？確定？」

除了洋芋片，我還加了一點杏仁巧克力棒進去，然後按下開關，讓尼爾好好地看著他的老二變成一團稍具營養價値的肉漿。

爲免出錯，我謹愼地看了一下第三張照片後面的註記，輕輕咳嗽。

「那個…… 聽好了尼爾，愛蓮娜對剛剛我對你做的事，嗯，也就是把你的老二放進果汁機裡打成汁呢，感到非常的抱歉，愛蓮娜想要對你說一聲，對不起。還有，她還是很愛你。」

我正經八百地轉述，卻只聽到尼爾哭罵一聲：「去死吧賤女人！還有你！我絕對不會原諒你的，我會殺死你！殺死你！殺死你！」

了解，不過我想是很難有這樣的機會了。

我冰敷著腫起來的嘴角，愼重地說：「愛蓮娜最後要我跟你說，才怪，去死吧。講完了。以下是我個人的意見。唉，老實說我眞的覺得你是一個腦袋很清楚的人，所以你才會跟愛蓮娜那種瘋女人分手吧，就這點我是完全站在你這邊……」

「聽好！我根本就沒有跟愛蓮娜交往過！」兩隻腳膝蓋都被我踢碎的尼爾，用最後的力氣在浴室的地板上咆哮：「你可以殺死我！可以把我的老二剁碎！但我！絕對！沒有！沒有跟那個瘋女人交往過！」

「原來如此，那個愛蓮娜眞的是瘋到我沒辦法想像了。」

我嘆氣，拿出塑膠繩纏在尼爾的脖子上。我的動作很慢很慢，畢竟這不是我擅長的殺人方法。沒辦法，我在南韓還沒找到亂七八糟的關係網絡，暫時還搞不到槍，弄得我今天異常狼狽。坦白說要不是我有殺死尼爾的決心而他只當我是一個突然發瘋的客房服務，現在躺在浴缸裡的人大概是我。

「我知道我今天一定會死，但——」尼爾咬牙：「我告訴你我的銀行帳戶密碼，我把所有的錢都給你，你幫我殺掉愛蓮娜！我要你割掉她的——」

「抱歉，我根本不知道愛蓮娜是誰。」我打斷他的話，非常抱歉地說：「雖然我很同情你，但你還是自己想辦法變成鬼去幹掉她吧。」

我收緊塑膠繩，看著尼爾慢慢在浴缸裡斷氣。

搞定，我在衣櫃裡找了一套乾淨的衣服換上，然後若無其事走出房間。

我走出旅館，走了兩條街才找了一間麥當勞進去吃東西，或許是剛剛把一條老二打成肉泥的關係，我只點了生菜沙拉跟一杯熱咖啡。

我的手機忽然響了。

19

這眞的很奇怪，我的手機跟號碼都是南韓政府爲了方便控管脫北者給我的，我在南韓還沒認識任何需要得到我手機號碼的人。而現在我的手機響了？

不只是我的手機，整間麥當勞的手機同時都響了，一時之間大家面面相覷，這次眞的是見鬼了。看著無號碼的來電顯示，我有點狐疑地按下通話鍵。電話那頭傳來一個女人的聲音。

「你好，我找一個二十分鐘前正在殺人的人，不是的話請掛斷電話。」

「……」我傻住了。

就在我傻住的同時，剛剛手機響起來的人紛紛掛斷電話，表情都很古怪。

「你旁邊的人都掛斷電話了，就你還沒，所以你在二十分鐘前殺了人嗎？」

「妳是誰？」我本能地離開落地窗旁的位子。

「我講的是殺人，你不是惡作劇吧？」

「妳才是惡作劇吧。」我的眼睛掃視麥當勞裡所有的人。

「三個需要確認的基本問題。第一個問題，你剛剛殺的人，是哪一種膚色的人。A，黑人，B，黃種人，C，白人，D，其他。第二個問題，對方是男性還是女性？第三個問題，你最喜歡哪一種家電？A，洗衣機，B，果汁機，C，電視機，D，微波爐。請回答。」

「問別人問題之前，應該先自我介紹吧。」

「……請作答。」

「果汁機。」

「最後一次警告，如果你不是應該聽我電話的人，馬上掛掉電話，否則我會從你的號碼裡查到你的住址，三天內你就會消失在這個世界上。」

「我說果汁機。」

「……你實在應該更小心點，現在到處都是監視器，從你離開房間後我一路跟著你，一邊用電腦搜尋特殊區域的行動通訊訊號，看你走進麥當勞之後才完全鎖定限定區域。如果不是我沿途清洗掉你的行蹤，你遲早會被逮住。」

「妳就是愛蓮娜？」

「很好，你提到了關鍵的名字。很遺憾我不是愛蓮娜，我是這次任務的鬼子。」

「鬼子？」

「所以你果然不是專業的殺手。」

「把話說清楚，女人。」

「你不是殺手，卻還是照著指示做事，出於什麼理由？」

「鬼子恐怕不是妳的名字，是代號？還是綽號？還是單純跟我鬼扯？」

「之後我或許會回答你的問題，但你先回答我，爲什麼你要照著指示做事？」

「鬼子是代號還是綽號還是妳隨便扯爛的名字？」

「……」

電話那頭一片沉默。

我冷笑，乾脆掛斷，悠閒地吃著剩下的沙拉。

三分鐘後，手機再度響起，完全在我預期之內。

「鬼子是所有任務輔助者的通稱，就像殺手這個名詞一樣，是所有任務執行者的通稱。」

對方的語氣沒有一點情緒，這點倒是讓我有些意外：「每個殺手的專長都不一樣，但鬼子的專長卻都差不多，我們擅長各式訊號截斷、網路資訊駭取、僞造證件與活動紀錄。相比之下，每個殺手都有自己的名字與代稱，鬼子則共同隱藏在相同的無特徵代號之後。」

「倒是變得很老實嘛妳。鬼、子。」

「你連鬼子是什麼都不知道，可見你是一個超嫩的新手，但無論如何從二十三分鐘前開始，你已經可以得到你作爲一個殺手的報酬，包含你今天晚上會得到的特殊認證。」

「特殊認證？」我吹著咖啡上的熱氣。

「輪到你回答我了？在這之前你並不是一個殺手，你爲什麼要按照照片後面的指示行動？」那女人，嗯，也就是她自稱的鬼子，繞了一圈還是回到了正題。

「這並不重要吧。一定要說的話，我只是想看看尼爾的表情，哈哈。」

「我應該怎麼稱呼你？」鬼子頓了頓，說：「還是我該叫你金橫泰先生？」

眞不愧是資訊處理的專家啊，一下子就可以從我的手機號碼得知我的身分，這麼說起來我也沒什麼好隱瞞的吧。

「……火魚。」

「火魚，你剛剛執行的任務，原先已經因爲行動仲介的失誤被延遲，我們原本開始計畫下一次如何重啟這個任務的步驟，但……現在已經不可能了。無論如何我們必須對雇主負責，所以你必須告訴我雇主想要知道的資訊。」

「我想知道多一點關於殺手的事情。」

「可以，應該說，如果你不問，我也必須主動告訴你關於職業殺手的一切，免得將來繼續合作有任何的不愉快。但現在你必須先告訴我，尼爾在聽到雇主是愛蓮娜時的反應。任何反應。」

面對鬼子好聲好氣……或者該說是相當理性地對我說話，我能怎麼辦？我他媽的又不是死白目，我也裝出一副成熟的語氣，跟鬼子把那個可憐蟲的淒慘反應交代清楚。我對我的記憶力沒什麼自信，不過那是半小時前才在我眼前發生的東西，就算要我完整重複一遍那些悲慘的智障對話實在是輕鬆寫意。

「還有需要補充的嗎？」

「大概就是那樣了。」

「有拍下尼爾背後刺青被蹂躪的下場嗎？」

「沒有，反正報紙會登吧。」我滿不在乎地說。

「雖然我大概知道原因，不過我還是得確認一下。你是從哪裡知道這單子的詳細內容？」

「這是我最後回答妳的問題。關於那個瘋女人要買兇幹掉那黑鬼的事，是我從一個禿頭男的公事包搜出來的三張照片背後寫的，然後我不打算告訴妳那個死禿頭跟我的關係。好了，輪到我要妳告訴我，關於這一切詳細的……詳細的……殺手？所有的東西？」

「我明天會打電話給你，如果你取得認證，我會詳細說明。」

我還沒問候她媽媽，電話就她媽的掛斷了。

20

「……」

我不曉得鬼子口中所說的認證是什麼鬼東西，所以我也無從理會起，我也明白不管怎麼樣我都不可能得知鬼子的身分，既然她們的專長是控制資訊，就沒道理讓我這個外行人把她們揪出來，於是我也不用發愁如何揪住鬼子的領子逼問她關於這一切到底是怎麼回事。

不過，嗯，眞是一種很古怪的感覺。

職業殺手，我也算是幹過一陣子，甚至還宰過幾個不下於我、只是運氣差點的箇中好手，怎麼背後好像還隱藏了一股我搞不懂的謎團？

那謎團，當天晚上就以一種極爲異常的方式闖進我的門縫。

就在我洗完澡剛走出浴室的時候，我看見門縫底下多了一個牛皮紙袋。

我沒多想，一邊擦頭髮，一邊用腳指將它勾夾住，甩拎上手。我胡亂撕開紙袋，那時才發現裡頭裝的不是我原先以爲的南韓政府要給我的任何待辦文件。

而是三頁紙，三頁小說。

一份標題名爲，蟬堡，的小說。

渾身濕透的我坐在鋪在地板上的薄薄椰子殼床墊，讀著那莫名其妙的三頁小說。

小說裡頭的故事恕我無法轉述，那不是你該知道的世界。

但我可以說，僅僅三頁，區區三頁，單單三頁，所描述出來的詭異故事卻讓我極爲沉迷，在我還沒來得及思考這東西到底爲什麼會塞在我門縫底下之前，我又反覆將這三頁小說看了十多次。一次看得比一次慢。

我不斷去幻想，在這三頁故事之前的故事是什麼故事？在這三頁之後的故事又可能發展成什麼模樣的故事？每當我絞盡腦汁對付這個故事，這個故事就蒙上一層厚厚的滾燙黏液，拒絕被理解，於是這個故事就開始變形，變形到我難以辨識自己是如何思考的程度。

很明顯我只不過拿到這個故事的一小部分，斷裂的碎片，無前無後，一片虛無飄渺裡的一縷煙霧，抓不住，汲不著，只能短暫相遇，竭神感觸。眞的是見鬼了這故事。

「不過，怎麼這東西會出現在……？」我看著隱隱透著走廊光線的門縫。

我打開門，只看到走廊天花板上那支慘白的日光燈管，以及懸浮在污濁空氣裡的粗糙粒子。剛剛還濕透的我早已乾了身體，送故事上門的「信差」當然遠去了。

太可疑了。

知道我租屋在這裡的，只有南韓政府的脫北者管理部門。在這之前我連垃圾廣告單、試閱的爛雜誌都收不到。事實上這只牛皮紙袋上面也沒有寫我的名字，但我卻有一種很篤定的感覺，這個不屬於這個世界的故事，在此時此刻絕對是屬於我的。

知道了。我當然知道了。

這就是鬼子所說的認證。證明我已一腳踏入死神領域。

我將那三頁小說裝回牛皮紙袋，謹慎摺好。一時之間我還不知道該將它放在哪裡，於是我將它枕在頭底下跟我一起睡，睡夢中還不斷用手指確認它還存在，深怕它忽然消失……

21

第二天，鬼子果然打電話給我。

「我拿到妳所說的認證了，依照約定妳要回答我所有的問題。」

我看著蟬堡，聞著它散發出來的氣味：「蟬堡，那是什麼？」

「那是每一個殺手都會得到的額外報酬。」鬼子老早就準備好答案。

「誰給的報酬？」

「沒有人知道。」

「是妳鎖定了我的手機，然後把我的位置交給傳送蟬堡的信差嗎？」

「你根本就不懂隱藏自己，所以我當然知道你在哪裡，但很遺憾我並不是提供蟬堡的幕後黑手。事實上你的問題是所有職業殺手的疑問，不過從來沒有人得到過解答。如果你多接到幾次蟬堡的話，也許你會漸漸不在意到底是誰把蟬堡送給你的。」

「……我不懂妳的意思。」

「每個殺手在成功完成任務後，都會收到蟬堡，但從來沒有人看過傳送蟬堡的信差。」

「沒人看過？」我難以置信。

「有些殺手懷疑信差是惡魔，有人懷疑蟬堡是集體幻覺，不過最多的情況是，沒有殺手在意信差是誰，也沒有殺手認眞去猜測蟬堡的作者是誰，只知道蟬堡可以作爲一種任務成功與否的確認，而這個確認可說是最公正的達成標準。」

「我以前也當過殺手，幹掉過不少人，爲什麼我就從沒拿過這種東西？」

「我不知道。大概是因爲你以前根本稱不上是職業殺手吧。」

「見鬼了，我以前可是幹掉超多人的！」

「那我就不知道了。」

「……」

「……聽好了，通常現在我對你說的話，應該是由帶你入行的人跟你說，但你的情況特殊，只好由我代勞一部分。首先，你們殺手當然沒有工會，也沒有公認的組織，不過由於職業特殊，爲了生存，長久以來你們當殺手的都有一些集體默契，也就是三大規則，以及三大職業道德。你有筆嗎？我建議你一字不漏地抄下來。」

「我會聽。」

「三大法則之一，不能愛上目標，也不能愛上委託人。」

「白痴才那麼濫情。」

「三大法則之二，絕不透露委託人的身分，除非委託人想殺自己滅口。」

「委託人想殺我，我就把他殺掉。」我冷笑。

「三大法則之三，下了班就不是殺手，即使喝醉了、睡夢中、做愛時，也得牢牢記住這點。以上是職業殺手的三大法則。」

「嘖嘖，所以下了班就不能殺人？這一點都沒有道理，廚師下了班回家難道就不用煮菜？老師下課回家，看到自己的小孩不會做功課難道不會教他一下？憑什麼殺手沒在執行任務的時候就不能殺人？」

「你要當一個職業殺手，還是當一個無法控制自己的殺人犯，我無所謂，我只負責傳達。然後是三大職業道德，你確定你不拿紙筆？」

「第一？」

「第一，絕不搶生意，殺人沒有那麼好玩，賺錢也不是這種賺法。」

「這我同意。不過敢搶我生意，我就一槍……不，分好幾槍打死他！」我頓了頓，說：「對了，我暫時弄不到槍，妳應該有管道幫我弄到兩把吧？當然妳不會白做，我會給妳錢。」

「聽好了，我不是你的經紀人，不過我可以介紹一個給你，你的經紀人或許願意幫你搞定你需要的這些東西。三大職業道德之二，若親朋好友被殺，也絕不找同行報復，亦不可逼迫同行供出雇主的身分。」

「廢話。」

「三大職業道德之三，保持心情愉快，永遠別說『這是最後一次』。」

「……廢話中的廢話，殺人這種事只要一開始就爽到停不下來，我現在就想殺人，拜託快點告訴我哪裡還有人可以殺。對了，如果有人想殺愛蓮娜，我可以只收一打啤酒的錢。喂？妳有在聽嗎？」

「我跟你之間似乎有無法溝通的地方，我會儘快安排一個經紀人跟你接洽，至於你們怎麼合作我管不著，如果你不想跟他合作的話，就請他推薦別的經紀人跟你合作，總之我只負責行動掩護的部分，至於忍受你跟教育你，那是你經紀人的責任。」

「……平常我要怎麼聯絡妳？」我看著窗外。

「有事情的話我會聯繫你。」鬼子的聲音很淡然：「等到合作穩定，我才會給你我的聯絡方式。當然了，憑著那一點號碼是休想追蹤到我。」

臭美。

「對了，妳認識很多殺手嗎？有一個殺手，用的是雙槍，嗯，應該是雙槍……」我忽然想到那一個曾在泰緬邊境潛入軍營、拖拖拉拉幹掉緬甸政府軍一個將軍的殺手。我當然不是想找他麻煩，但我總想知道到底是誰有那種好本事。

「依照鬼子的職業道德，我不能跟你透露其他殺手的資訊，他們，跟你，都算是我的雇主，我會從你的報酬裡抽取我的掩護費用，當然抽成多少由我跟你的經紀人報價，視行動難度而定。如果只是簡單關掉與清洗監視器畫面，費用就一般般，但如果牽涉到駭取特定機關的資料，費用就會拉高。總之鬼子有鬼子的行規。」

「所以如果我宰愛蓮娜只收一打啤酒的錢，妳就抽三罐去喝，是這個意思嗎？」

「如果你的總報酬是一打啤酒，你就得自己解決監視器跟所有電子保全的問題，或者你可以詢問你未來的經紀人，看看有沒有別的鬼子願意爲了看你出洋相而降價合作。」

「哼。」

「作爲一個外行人，我猜你昨天在殺掉尼爾之前，並沒有想到許下制約這件事。關於制約內容，你可以不需要告訴我，我也沒有必要知道。」不等我發問，鬼子便繼續說下去：「所謂的制約，是每個殺手在完成第一次任務之前，都會許下一個對自己解除殺手職業生涯的特定承諾，比如說，在殺滿一百個人的那一天起，自己就不再是殺手。或是起床那天看見窗口出現一條眼鏡蛇，或是喜歡用的牙膏不再生產的那一天，或是發現自己的任務是自己至親的那一天，或是連續便秘超過一個禮拜，不管是多麼奇怪或不奇怪的制約，一旦忽然條件齊備，你就可以不再擔任殺手。」

「……」我的腦袋一時有些混亂。

「殺手當然不是白道，但也不是黑幫，不當殺手，並沒有神秘組織會費心追殺你，你只要自動消失，或是跟經紀人說一聲你不幹了即可，這一行，沒有人可以勉強另一個人去殺人，或非得接一個單不可。」

「為什麼要有制約這個規定？」

「制約不是規定，而是一種說服自己的契約工具。殺人，就是讓另一個生命從這個世界上消失，許多人覺得這是一個不吉利的工作，所以不能單純用金錢利益下去計算一切，殺生造孽的這一行很邪門，行事特別講究運氣，我相信只要你持續做下去，就會慢慢明白前輩為什麼要將制約的習慣傳承下去，你那討人厭的糟糕個性也會得到修正。有時候殺手並不會遵守三大規則與三大職業道德，畢竟那都是前輩定下來的規矩，讓大家方便做事用的，但制約都是自己跟自己定的，幾乎沒有殺手會打破跟自己的約定，有人說，那是由死神當見證人的契約。」

「不定制約會怎樣？」我冷笑。

「你可以當第一個不定制約的職業殺手，以後我就能針對你的下場，去回答別的新手這一題。」

「呸！」

「就這樣，兩天之內我會轉介一個經紀人給你，你們彼此都看看吧。」

電話結束。

我的殺手人生則開始。

22

劉錚，這是我經紀人的名字，而且是見鬼了的眞名……嗯，至少是現在正在使用的名字。

在越南出生的劉錚哥以前也是一個職業殺手，厲不厲害不知道，反正也是四處殺人吧。後來制約達到劉錚哥就退出江湖，現在跟韓國人老婆一起經營一間路邊咖啡餐車，順便經手幾個殺殺人的單子，過著接近無聊透頂的日子。

第一次他跟我碰面，互相介紹，就是在他擺在路邊的藍色塑膠咖啡桌邊聊。他不介意我當然也不介意。他那看起來一臉呆樣的老婆渾不知情我們在聊什麼東西，只是偶爾走過來幫我的杯子添水。

劉錚哥幾乎不提以前他當殺手時的日子，比如他擅長什麼武器，喜歡什麼樣的殺人手法，幹過哪些驚天動地的單子，他都只是笑笑，不論我怎麼逼問，他就是絕口不提。

可我隨口亂問他咖啡怎麼煮得那麼香，劉錚哥卻直截了當地說：「別問你其實不想知道答案的問題，咖啡我來煮，人你去殺就是了。」

「至少可以告訴我你的制約是什麼吧？讓我當個參考。」

「怎麼你制約還沒定嗎？」劉錚哥嚇了一跳。

「還沒。」我的手指輕輕彈著馬克杯。

「順序都亂掉了。」劉錚哥失笑。

劉錚哥說，他的退出制約定得很普通，所以他不介意講出來——那就是將他寫的新詩投稿給最專業的詩集雜誌，並被錄取三次。

我不懂，劉錚哥說我當然不懂，因為我又不寫詩，他寫，一直寫一直寫。

「從以前我就一直想成為一個詩人，眞正的詩人。打開天窗說亮話，我要能寫詩的話，幹嘛還去殺人呢？」

「那為什麼一開始不寫詩呢？」

「誰說我一開始沒寫詩？我還在越南讀中學的時候就一直寫詩，一直寫一直寫一直寫，寫了幾百首都有了。只是我的詩一直都不被認可，到處投稿都沒人肯收，好像我根本沒有才能似的。」

「會不會就是眞的沒有才能？」我倒是不介意說出眞相，雖然我根本不懂。

「我也怕啊，整天心煩意亂，煩到非常想殺人。」劉錚哥倒也不在乎我的態度，繼續說：「一般人說煩到想殺人都只是嘴巴說說，嘴砲嘛，但我們這種人就不一樣了，煩到想殺人，當然就去殺人了是吧？我心想，只要有一天我確定自己能夠成為詩人，我當然就不煩了，不煩也就不必殺人了。」

「感覺你也不像外表那麼正常啊劉錚哥。」

「這一行哪來的正常人?」

「……所以你後來投稿投上了?」

「是啊,後來眞是大逆轉,我到了南韓這裡殺人後就很喜歡這裡的生活,也就不太想回越南了,所以我就開始嘗試用韓文寫詩,一開始我也不是那麼懂韓文,所以寫得有些詞不達意,不僅唸起來不太通順,有些句子我寫了也不很知道我自己在寫什麼哈哈哈,但不管了,反正我就寫了很多首新詩投稿給韓風文藝。」

「啊?什麼文藝?」

「韓風文藝啊!那雜誌可不得了,是文學權威,如果誰的作品在上面發表,就會被當作文壇的一份子,也算是在文學界出道了。我投稿了一百多首過去都沒下文,氣餒是氣餒,但不打緊,反正我就是繼續殺人嘛。」

「然後有一天就被錄取了?」

「不管那些雜誌編輯怎麼想,我都是一個眞正的詩人,只是既然大家對一個人是不是詩人是用他的作品被不被文壇承認資格的話,那標準……我就是盡力配合嘛。但如果我因爲我的詩無法發表在雜誌上,我就停止寫詩,那才是眞正對不起我自認爲自己是一個詩人的內在渴望是吧?」

「然後有一天你的詩就被登上雜誌了？」

「是的，有志者事竟成，我的詩終於被韓風文藝給錄取了，還眞的錄取了整整三次。」劉錚哥清了清喉嚨，說：「雖然你一定不感興趣，不過就當作是純粹欣賞看看吧。嗯……昨夜寒風，紅色的露水潑灑在窗戶上，金屬色的蜘蛛絲飄蕩屋簷上，猶如死者回首致哀。鐮型時針在原子筆上的一點凝思，凝聚，最後進入了禪定裡的冥河宇宙。宇宙裡銀河起落，不過是跨越了風，一場無法言語的風。終點依舊，依舊是原子筆劃在宣紙上的那條破痕。直指門縫。」

「……」我有點呼吸困難了其實。

「這是我第一次被錄取的新詩，詩名叫：不言語。別人或許聽不出來，但你的話，應該可以知道這首詩是某次我出任務後當下寫的吧，寫的是殺人後的特殊精神狀態，一種不應該發生的寧靜吧。」劉錚哥感嘆：「殺人啊，眞是讓我文思泉湧！」

「後來呢？」

「後來我在首爾越待越久，韓語當然越來越通順，最後連夢話也都在講韓語之後，我用韓語寫出來的詩反而一首都沒被韓風文藝給錄取了。你說這是不是不合理？」

「所以你現在是一個詩人？」我左看右看，就是有點兒不大像。

「是不是一個詩人啊……我自己覺得是。其實一直都是啊！至少我現在還會在沒客人的時候繼續寫詩，不過那些文壇從沒把我當成一回事，我原先以爲只要投稿投中了最有招牌的文學雜誌，我就可以正式出道，出版詩集，到處演講，跟一群詩人喝酒賞月玩女人……原來一直都是我的幻想哈哈哈哈，不過制約這種事就是這樣，搞定了就得走，所以我就這麼金盆洗手。」

是啊，金盆洗手。

然後生活就剩下桌上這杯冷掉的咖啡跟起司蛋糕。

劉錚哥說，現在的生活很愜意。

不殺人了，他就用以前殺人賺的錢買了一台簡單的咖啡餐車，就在路邊做起生意。他的咖啡實在不怎麼樣，生意很爛，幸好不久後認識了現在的老婆，老婆也就順理成章跟他一起賣咖啡，而老婆會做一點蛋糕，起司口味的尤其好吃，成了店裡必點的招牌。

帶著一點點遺憾的語氣，劉錚哥說自己雖然還是寫詩，不過沒有了投稿的動力，詩的數量跟以前完全不能比，日子少了點積極向上的目標感，於是他換了想法幹起了殺手經紀，希望可以讓生活稍微驚心動魄一點點。

我說這是何苦，想殺人就去殺吧，如果幹不成殺手，只是作爲一個沒有雇主的殺人兇手還是可以豐富生活啊。

「當過殺手，就知道那種毫無職業精神的殺人兇手跟我們是不同掛的族類，差得太遠，完全無法相提並論。」劉錚哥忽然高興了起來：「雖然自己不動手了，但往事歷歷在目啊，我寫了很多有關殺人的詩，你多讀幾首就知道我在說什麼了，就算讀不懂也可以讀出一點感覺，詩嘛，就是一個感覺哈哈哈。下次我在信封袋裡裝一些給你，看完記得說說你的感想啊！」

我說好，但一點都不好。

劉錚哥跟我說，不僅僅是能力上的問題，每一個殺手都有自己做事的方法，特定的儀式與手法風格上的怪癖等等，很多雇主不單純只是想除掉目標的時候，殺手間不同的特性就很重要了。

比如說，有的雇主想折磨目標，就要有對折磨人特別有熱情的殺手接下這張單。有些雇主希望目標被亂刀砍死，就要有喜歡研究用刀砍人的殺手承接這個任務。如果雇主希望目標無聲無息消失在這個世界上、甚至屍體離奇消失最好，那麼就得派出具有讓目標人間蒸發能力的特殊殺手。

殺手經紀人之間都有聯繫，而每個殺手經紀人的手中都不只有一個殺手，如果自己手底下的殺手通通都無法執行這次的任務，殺手經紀人就會轉介殺人任務給其他的殺手經紀人，直到有合適的殺手出線。

劉錚哥問我，對於殺人，我有什麼特殊的要求？在他能力範圍內他會盡量滿足我，好方便我做事，某種意義上這樣也才能做得長長久久。

「……我要兩把槍，手槍。」我直截了當說了。

「有特定的手槍型號嗎？」

「暫時沒有，反正就是一般好用，左輪或彈匣，別卡彈就行了。當然子彈多多益善，我總覺得子彈沒用光就好像有屎黏在屁眼上沒擦乾淨，這點沒問題吧？」

「除了手槍，還喜歡用哪些工具？刀？炸藥？繩子？學過武術嗎？」

「我只喜歡用手槍，雙槍。其他只是沒手槍沒子彈時的輔助。」

「你殺女人嗎？」

「殺吧。」

「殺小孩嗎？」

「沒想過，大概沒問題吧。」

「有沒有特別想在做事時一併做的事？比如在目標屍體上放朵鮮花，還是在屍體上撒尿，還是幫屍體剪頭髮之類的？或者一定要在做事前跟目標上床？」

「沒有。一定要說的話……我就是想把子彈通通都射到他們的身上。」

「如果雇主要求爲目標拍照留念，你會照辦嗎？」

「煩，不過無所謂吧。」

「你喜歡單純達成任務，還是喜歡追求刺激。」

「我很喜歡刺激。但我可沒打算死掉。」

「你可以接受跟其他殺手合作嗎？」

「不知道，見鬼了我才剛剛開始幹這一行，我有哪些怪癖我自己都不確定吧。」

「別急，我只是先問。」

就這樣，劉錚哥又連續問了我好多我想都沒有想過的問題，比如我有沒有信耶穌啊、喜歡白天時還是晚上、介不介意必要時連警察一併幹掉、對金錢的依賴程度等等，我只好又點了一個起司蛋糕。

不過這也不壞，我發現我在回答這些假設性的問題時心情都滿愉快，大概是因爲所有的問題都跟殺人有關吧。我這個人一定是哪裡有毛病。

我感覺我們之間的話題快結束的時候，劉錚哥又回到問我的第一個問題。手槍。他說他當然有管道可以弄到槍，只不過在合作初期買槍的錢必須從我的報酬裡面扣除，所以能給我的槍品質不會太好，子彈的話也一樣，不可能多到讓我產生殺人之外的快樂。

我說我懂，反正只要我持續殺人下去一切都會越來越好吧。

然後我反問了一個關於槍的問題。

「劉錚哥，你手底下有沒有別的用槍的殺手？」

「用槍的殺手多得很，你想問什麼？」

「我想問用雙槍的殺手。」

劉錚哥看著我，用一種似笑非笑的表情，卻搭配異常認眞的眼神。

「你問這個問題，不可能是想交朋友吧？想報仇？」劉錚哥清了清喉嚨：「鬼子跟你先說了在殺手的三大職業道德裡，同行之間絕不可以翻臉，這點你應該很清楚。眞要搞那種報仇雪恨的無聊事，也要找對對象，那就是下單的人，你同意吧？」

「見鬼了我沒有什麼仇好報，我只是想知道用雙槍的殺手裡面，誰最厲害啊？」

「哈哈哈你想成爲雙槍殺手裡的第一啊？」

「……就當作是吧。」我說，但我根本想都沒想過要當什麼第一。

「用雙槍的殺手很多，厲害的也不少。十多年前有一個雙槍殺手非常厲害，據說他成爲傳說的時候非常年輕，是個腦袋有病的天才，代號黑白，他的習慣大家都知道，左手用的是阿爾特巨蟒左輪手槍，右手用的是半自動的沙漠之鷹，全都是瞄準系統很有問題的手槍哈哈哈哈！」

「所以他是一個雙手很穩定的殺手。」

「好像不是，他是一個喜歡亂開槍的殺手，子彈有一半都打不中，但他就是有辦法在子彈用光前把對方通通幹掉——對，他幹掉的通常都是一群人，一個幫派，一個堂口，總之就是一個人進行的單方面屠殺，威風得很。」

「厲害！」我猜他一定補了很多子彈。

「再厲害的傳說也有說不下去的時候，有一天黑白突然就消失了，大家都說，黑白十之八九是死了，畢竟啊，很難想像像他那樣囂張的人會因爲制約達成退出江湖，被幹掉反而比較像是他的下場。」

「……嗯。我想問的是還活著的殺手。」

「殺手這種職業啊，是不是還活著真說不準，消聲匿跡的時候誰知道他是達成了制約還是死了，幸好這一行多的是謠言跟鬼扯。在黑白之後出現了一個雙槍殺手，叫甲蟲，用的雙槍是什麼槍就沒印象了。他非常狠，不只目標，還常常波及目標之外的人，算是惡名昭彰。如果說他有多厲害啊……他曾經接過一張很有名的單，擔任一群銀行搶匪的特約殺手，任務是幹掉所有想追上來的保安或警察，結果甲蟲在大街上幹掉二十幾個荷槍實彈的警察，打得剩下躲在車裡的警察連頭都不敢探出來。甲蟲是死是活誰知道？不過這幾年幾乎沒特別聽到他的消息就是了。」

「好厲害啊！」

「在甲蟲之後連續出現兩個非常厲害的雙槍殺手，不過活躍的時間都相當短暫。他們都有嚴重的濫殺偏執狂，一個叫喪屍，是一個講話誰都聽不清楚整天就只想殺人的柬埔寨人。呸！他不僅喜歡殺人，還特別喜歡接單獵殺同行，跟豺狼那貨色一樣。」

「豺狼？」

「是啊，不過今天不提他了，穢氣。」劉錚哥露出嫌惡的表情，迅速轉回話題：「喪屍之後出現一個代號叫番茄的韓國人，據說就是番茄把喪屍給幹掉的，還順便連喪屍的經紀人也一起幹掉。有人說番茄其實就是喪屍的師弟，用計設下了陷阱讓喪屍送命。番茄的技術頂尖，但人也很古怪，據說把自己的女人都給殺了，大家都說番茄也得了殺人成癮的神經病，不專業殺手特有的糟糕絕症啊！」

「糟糕絕症是嗎，哈哈。」

「這兩年番茄也消聲匿跡了，我個人很希望這種神經病是被天給收拾了。說到殺手特有的神經病，英國的迪奇也是一個很——」

「等等，英國？所以迪奇是英國人？白人？」

「是啊，怎麼了嗎？」

「你剛剛提到喪屍是柬埔寨人，番茄是韓國人，那甲蟲是哪裡人？黑白呢？」

「印象中甲蟲是馬來西亞籍還是泰國籍的華人吧，黑白大概是台灣人，不過殺手這種人的背景大都是耳語謠傳啦，誰會想讓別人知道自己的眞實出身呢？大家幹的又不是什麼光宗耀祖的事。」

「嗯。」我點點頭：「我不想知道亞洲臉孔之外的雙槍殺手，迪奇就不用介紹了。」

「是嗎？所以亞洲第一你就滿足了麼？」劉錚哥笑了笑，用叉子戳起放在我盤子上的起司蛋糕送進他的嘴裡：「不過很不巧，雙槍殺手裡的亞洲第一正好就是世界第一，而且，大概不只是雙槍，這個人應該是殺手裡大家公認的最強。」

「誰？」

「一個代號G的男人。」

23

「G？」

「G，用的是雙槍，他並非彈無虛發，也不是特別霸氣……不，據說是一點霸氣也沒有，但就是無敵。不過說起來好笑，明明就是公認的無敵，G接的單往往非常無聊，小家子氣，可以說誰都可以執行的單，G也隨便就幹了，毫無高手風範哈哈哈哈哈！」

「無敵到底是怎麼個無敵法？」

「怪異就在這裡。其實G一點也不好戰，所以並沒有什麼G宰了很多挑戰他的殺手而創造出的恐怖傳說，眞實狀況往往很好笑。」

多好笑？

劉錚哥說，曾經有一個自以爲是的殺手透過G的經紀人，約G跟他在一棟廢棄的大樓裡單挑，看看誰才是當今最強的殺手。G答應了，但到了約定的時間G卻沒有到，足足等了一天還是沒到。後來對方氣急敗壞找到G的經紀人質問，那經紀人哈哈大笑說G肯定是隨便亂講的，寧願在家裡睡回籠覺也不想出門殺人。

我說不好笑，而且我覺得G很沒品。

劉錚哥補充，據說有一個殺手爲了想跟G決鬥，暗自把自己設定成目標，花錢請G幹掉自己。單子裡限定了某某時間與某某地點，要幹掉一個穿著深棕色皮夾克的中年男子，除了這個殺手滿腦子想決鬥的心意，一切都跟尋常的單子沒兩樣。結果G拒絕了經紀人，理由是那一天是孔子誕辰紀念日，他想約喜歡的女孩去賓館做愛。哈哈哈哈據說那個殺手非常生氣，他覺得孔子誕辰跟**約砲**有什麼關係，擺明了就是推托。

我說這的確是推托沒錯啊。

劉錚哥說，妙就妙在這裡，爲什麼G曉得要推托這張沒什麼疑點的單？這根本就是極出色的動物直覺嘛！懂得避免踏入不必要的危機，也是高手風範的證據之一。

我眞的眞的有點想吐，如果G眞的強到從這張單嗅到不尋常的危險氣味，既然他是最強，何不趁勢而爲把對方幹掉？我想劉錚哥只是一廂情願認定G是最強，之後不管G做了什麼決定，通通都變成了高手風範的思考領域，眞的是見鬼了有夠噁心。

「這些都跟無敵一點也沒有關係吧。」我忍不住反駁。

「誰說無關啊？老弟，這種將勝負看得比屁還輕的人，才是眞正的高手啊。」

「爲什麼？」我啞然。

「這代表只要他想，他有空，他願意，他隨時都可以決定勝負的結果啊。」

「啊？這有點強詞奪理吧？」

「大概吧，或許最明顯的證據就是，大家老是說G是最強，說了好多年，G還是老神在在活得很好，除了一開始有幾個不怕死的人提出挑戰，之後傳出G領悟了槍神奧義後，漸漸就沒人敢去證明那個公認的最強假設是錯的，我想這就是最好的證明吧哈哈哈！」

「槍神奧義是什麼鬼？」

故意壓低聲音製造神秘感，劉錚哥說，槍神奧義這種東西很玄的，大家都只聽過，卻沒有人眞正知道那是什麼東西，畢竟只有領悟到的人才知道槍神奧義是什麼，而領悟的人永遠都不會說。

當然了每個人都有自己的猜測嘛，最普遍的講法就是，「悟道者」可以聽見子彈的聲音，喔，當然不是子彈擊發的聲音，而是聽見子彈跟你竊竊私語的內容。

或是子彈永遠不會擊中「悟道者」，所以「悟道者」可以從容不迫行走在飛來飛去的子彈之間。

或是「悟道者」能夠聽得見每一個手裡拿槍的人的心思，甚至轉而控制對方。

或是「悟道者」可以用意念操縱子彈飛出的軌道，讓子彈違背常理地轉彎。

當然也有人說以上皆是啦！

「爲了一個莫虛有的鬼扯傳說，之後再沒有人敢挑戰G？」

「台灣有一個勢力強大的黑幫，叫情義門，特色偏偏是無情無義。情義門的門主叫冷面佛，冷面佛不管是品性、個性、耐性都是一個極糟糕的人，整天下單買兇，誰都有可能不小心惹到他而喪命，素有七日一殺的惡名。冷面佛這麼兇殘，想要冷面佛死的人當然也很多，所以冷面佛雇用了最好的殺手當他的保鏢，幫他幹掉所有想殺他的刺客，其中一個保鏢便指名了G。」

「所以G幹掉了所有想暗殺冷面佛的刺客？」

「不，G拒絕了冷面佛的邀約，理由是冷面佛不是美女，而且很醜。」

「……」

哈哈哈哈哈劉錚哥一直瘋狂大笑著，他說老弟啊老弟，你根本就不知道這種拒絕法有多恐怖，冷面佛器量這麼小的貨色當然很生氣，所以他買了一大堆殺手想幹掉這個不識好歹的G。

結果呢？根本沒有殺手經紀人敢接這種單，因爲一接下來，簡直是叫自己手底下的殺手白白送死嘛哈哈哈哈哈，所以這件事後來就不了了之，G繼續他最拿手的我行我素——整個江湖都放任著G的我行我素。

見鬼了我眞是聽得莫名其妙。不過，我對G這個單字忽然湧起了強烈的好奇。

「G是哪裡人？」我微微前傾。

「百分之百是個台灣人，簡單說，G是一個典型好色的台客。」

「嗯，台灣人啊……他有什麼特徵嗎？比如喜歡唱歌？」我小心翼翼地問。

「唱歌？這沒聽說。不過G的行事風格毫無秘密，他一向都穿著一身黑色西裝，不管室內室外都戴著一副墨鏡，總是不顧旁人眼光盯著美女看，盯著美女看也就罷了，據說只要是露很多的女人他都大剌剌地看人家的胸啊腿啊，江湖上都很鄙視他的審美觀毫無標準。」

一身黑色西裝，黑皮鞋，黑領帶，加上深黑色的墨鏡啊……那麼，幾乎就可以肯定G就是那一個在酒吧裡跟我偶遇的愛唱歌男人了。

如果G眞的那麼強，他當然有辦法摸進軍營把一個獨裁國家的將軍給幹掉。他用的是雙槍，這個巧合致命地與當地幫派印象中的我連結在一起，這種連結實在是太抬舉我了。

「撇開G之於女人的毫無格調，G的實力強到他的殺手風格也很特別。」

「怎麼個特別法？」

劉錚哥興高采烈地說，G有個眾所皆知的怪癖，他老愛在目標斷氣之前，幫目標完成死前最後一個願望。

比如有人在死前正在拼圖，G就會想辦法幫他拼完。

有人在死前那一刻正在客廳掛吊燈，G就會婆婆媽媽幫他找高椅子把吊燈掛起來。

有人半死不活時想打電話給小學欺負過他的女生罵三字經，G就會幫他翻畢業紀念冊照著通訊錄撥電話。

有人正在寫卡片，G就幫他寄出去。

有人正猶豫不決到底要點哪一樣菜當最後的晚餐，G很樂意幫他叫客房服務。

有人說，這是出於G的制約，而這樣的制約充分表現了G的從容不迫。

一切都再明顯不過了。

G在泰緬邊界的出現，導致了我在南韓的出現。

對此我沒有什麼負面感覺，一點恨意都假裝不出來。老實說G做他自己該做的事，還誤打誤撞幫了我一大把，讓我可以毫無罣礙地拋下那群刀疤妓女一廂情願的依賴，說起來，我謝謝他還來不及，更別提找他報仇這麼不合情理的事。

事情一清二楚了，我覺得待會回到我那狗窩前值得先去買幾瓶啤酒跟小栞慶祝。

我弄明白了，多話的劉鎿哥卻不肯停。

關於G的傳說似乎說也說不完，劉鎿哥又津津樂道說了兩三個奇怪的小故事，好像他身歷其境似的，到那爲止我都還能忍受。直到劉鎿哥又開始唸那些爛詩給我聽的時候，我終於意識到自己應該說再見了。

我起身買單。劉鎿哥說第一次見面當然是他請客，畢竟他以後就得靠我賺取高額的仲介費。隨便他，我無所謂。

劉鎿哥要我儘快決定好退出殺手的制約，雖然我當然可以不告訴任何人，但他希望我可以跟他分享，畢竟互信也是經紀人與殺手之間重要的合作基礎，也算是多了解我一點。

了解什麼？我說不用多了解了，我直接告訴劉錚哥，只要我當上搖滾歌手的那一天，我很樂意連滾帶爬退出殺人的舞台。殺人只是暫時拿來打發時間的樂趣，搖滾，搖滾才是我的天命。

劉錚哥想繼續問，我卻起身說還有事要走。

「對了劉錚哥，你收到過蟬堡吧？」我忍不住回頭丟出這一句。

「……你問這個做什麼？」劉錚哥的表情有些古怪。

「能不能給我你保存的那些章節？複印本當然也可以。」

「抱歉啊老弟，自己想看就得自己想辦法拿到。聽故事要有點耐性。」

也是，我揮揮手。

在我成爲搖滾歌手之前，就看看我跟我的雙槍可以搞出什麼不一樣的傳說吧。

24

這個世界眞是見鬼了的不和平，區區一個禮拜後，我就在咖啡餐車的塑膠桌子上拿到一個紙袋，在桌底下則拿到兩把槍。嗯，兩把中國製的QSG92式手槍。

紙袋裡面有一本相簿，相簿裡大概有一百多張照片，都是一些家庭相處的無聊畫面，有切蛋糕有釣魚有畢業典禮有僵硬的大合照有不知所云的日常生活剪影，總之是這一家四口毫無特色的和樂融融。

「這個男的，看仔細了。」

劉鋍哥指著相簿裡經常出現的男人，大概是一家之主。

「嗯啊，除了殺掉他之外，還要特別做什麼？」我吃著起司蛋糕。

劉鋍哥似笑非笑，將相簿闔起來。

「不，不是要殺他，是把這個男人的家人全都殺了。」

於是我來到了這個男人所住的社區，租了一間不起眼的小套房。

這次我有三十顆子彈，在任務的範圍內綽綽有餘，在我的慾望內只是勉強可以接受。要殺光這個男人的家人只要一分鐘不到，但要達成雇主的瑣碎需求是要花一點時間。我得有耐心。

是的其實我也覺得這張單非常無趣，畢竟這個男人不是什麼黑道幫主或二十四小時都有保鏢隨侍在側的大企業家。他只是一個尋常的上班族，要把一個上班族男人的家人殺光實在不需要我出馬，爲此我心煩意亂。

這張單的眞正精髓在於，除了殺人以外的部分都非常繁瑣複雜，環環相扣，所以我大方付了錢，讓計畫的內容交給鬼子去調查與策劃，而我，我就是把相簿裡的家庭成員給狠狠看熟，避免殺錯人這種事發生。雖然我不介意。

等到鬼子將這一家人的日常作息與行事曆都摸熟後，鬼子告訴我拿槍出門的時間到了。見鬼了那已經是兩個禮拜之後的事。

我用最快的速度將子彈塡滿彈匣，怒氣騰騰地走到目標的小女兒所上的學校，在鬼子給我的時間點，戴上畫著鯊魚牙齒的卡通口罩走向剛剛停好的校車，朝正走出車門的小女兒轟了一槍。

當然沒有轟中！兒鬼了對一個小女孩開槍有什麼困難我一點緊張感都沒有我當然沒有轟中！我沒有轟中！我沒有轟中！我只好邁開大步，在所有學生驚惶失措鬼吼鬼叫時走近那個嚇到腿軟的小女孩又補轟了兩槍。當然我沒有開槍打臉，免得計畫提前亂掉。

我拿著槍，誰敢攔阻我？當然是攔個屁。

我快跑離開，沿途當然不必擔心監視器拍到我的鳥問題。我在一個直角轉彎處的垃圾桶扔掉口罩和外套，接著故意慢吞吞走到附近的速食店，在裡頭的顧客廁所裡換上鬼子預先用塑膠袋包住、放在馬桶裡的衣服，然後搭計程車前往鬼子指定的醫院。

不意外，我的脖子掛了鬼子提供的足以通行無阻的識別證，於是我輕輕鬆鬆無視醫院裡一堆無頭蒼蠅般的警察與記者，來到醫院急診室外。

在那裡我看見目標與他的妻子正在急診室外面哭泣祈禱，一把眼淚一把鼻涕，眞是多此一舉。可惜他們正在念高中的大兒子還沒到，所以我先去醫院的員工餐廳吃了一頓營養豐富的水果沙拉餐，直到手機震動，我才又回到急診室做確認。

很好，這一次那位正在念高中的兒子也趕到了，眼睛哭腫，跟爸爸媽媽抱在一塊互相打氣，眞是模範好哥哥，所以我趁他一個人去上廁所的時候將他的臉按進馬桶裡，再用旋了滅音器的手槍爆開他的背。

一槍，兩槍，直到他不再胡亂掙扎爲止。

唉我也很想不用娘砲的滅音器，如果那一堆等在醫院不曉得線索在哪裡的警察聽見槍聲的話就完美了，現在的我超想用一次驚險的混亂槍戰，去緬懷幾個月前在泰國教堂的那一次絕命時刻。

但不行。爲了達成雇主的要求我現在還不能吸引警察跟我比賽打靶。

我用光光廁所裡所有的滾筒式衛生紙來擦掉噴在我鞋子上跟鞋底的血，還是失敗，也罷，成大事者不拘小節。黏答答踩著血腳印走出廁所後，我立刻搭電梯去樓下星巴克買了一杯熱拿鐵。

是的，我付了鬼子一筆像樣的費用，所以我一樣不用擔心電梯裡的監視器，等我再搭電梯上樓時，我看見那一對父母哭天搶地抱著他們死在馬桶裡的兒子嚎叫，五、六個警察在一旁手忙腳亂，不知道現在該做什麼事。

他們不知道，我知道。

我在眾目睽睽下穿上掛在架子上的醫生白袍，從口袋裡摸出口罩戴上，大搖大擺走進急診室，開了五槍幹掉正在搶救那倒楣女孩的醫生與護士……或可能沒有確實幹掉，不管了，重點是我認眞補了一槍，讓輪迴重新綻放在小女孩的臉上。

走出地獄一樣的急診室時，我看見日標跟他的妻子正在走廊盡頭嚎啕大哭，眞是的他們夫妻倆今天就是一直哭哭哭哭哭。而那些失職的警察距離他們遠遠的，嗯，看到這一幕我終於忍不住打亂鬼子給我的計畫。

眞的！我眞的已經懶得等待鬼子預先設定的更好時機！

那時眼睛哭腫了的目標拿起手機，不曉得正要撥給誰，總之不是撥給上帝，於是我一邊走過去一邊將槍管上的滅音器給拔下來，當著目標的面，近距離給了他老婆震耳欲聾的一槍。

爲了避免醫學上無意義的奇蹟發生，我又多送了兩槍。

目標呆呆看著我。濺了一臉鮮血的他，眼神空洞茫然。

「雇用我的人要我看著你說，當初你狠心拋棄她，說想要打造一個眞正的家，結果這麼多年下來，什麼也沒有得到。」我慢慢轉述心理變態的雇主的話：「所以你有什麼話想要我轉告她的嗎？」

「……」目標呆滯地看著我，好像我是一條難以解開的數學題。

「沒有？」我肯定是皺眉了：「她對你那麼過分，你一句去死也不給嗎？」

「……」目標慢慢低頭，看著倒在血泊中的妻子。

他的嘴唇看起來拚命在動，牙齒也在顫抖，卻完全說不出話來。

我聳聳肩，超想給他一個男人之間相互理解的、充滿同情的擁抱。

不過同情歸同情，我可沒時間搞這種超展開的人際關係。所以我走了。

那些終於聽見了偌大槍聲的警察衝了過來，我給了他們好好拔槍的時間，不過他們很不爭氣，我象徵性躲了幾下後就忍不住把他們清光光。走出醫院的時候我只覺得陽光有些刺眼，其餘部分都不值一提。

最大的感想就是……子彈竟然見鬼了沒用完！

25

不愧是善於計算的專家，回到租屋後五分鐘，我就接到了鬼子打來臭罵的電話。

「又怎麼樣呢？我只不過是多幹掉了幾個警察。」我吃著剛泡好的辛拉麵。

「你讓你自己陷入危險，這也就算了。重要的是你平白無故多製造很多屍體，你是有什麼毛病？」鬼子顯然非常不爽。

「見鬼了我任務成功了吧？妳只不過是幫我關關監視器，我不懂有什麼好抱怨。」

「如果你只是爲了脫身或爲了完成任務，不得不多殺人我無話可說，但今天你完全是故意找那些警察麻煩，警察是招惹你什麼了？尤其是一堆連拿槍都會發抖的警察是能招惹你什麼？把他們幹掉很有成就感嗎？」

「舉手之勞而已。」

「舉手之勞？就好比你去拔牙齒，照理說醫生只要把蛀壞的牙齒拔掉就算，如果醫生舉手之勞，順便把你滿嘴牙齒全部拔掉你有什麼感想？」

「我的感想就是，我會把槍放在他的嘴巴裡叫他用舌頭接子彈哈哈哈！」

「所以你是不是應該照顧一下不是你該殺的人的想法？至少照顧一下跟你一起完成任務的

人，比如說，我？」鬼子罵上癮了，電話那頭的聲音越來越大：「我爲了讓你可以在一天之內以最有效率又最能順利脫身的方式順利殺掉目標的三個家人，計畫了多久你知道嗎？你在走廊突然開那什麼槍？開槍就開槍，你竟然還故意把滅音器拔下來？」

「哈哈。」

「哈哈？哈哈！」

「眞那麼介意，就祈禱劉錚哥給我的下一張單子不要像今天那麼簡單，要知道我是一個勤勞的人，沒把子彈用光我眞的對雇主很過意不去。」我越講越想笑：「如果妳沒領到妳的份再打電話跟我抱怨吧，臭女人。」接著我當然掛掉電話。

當我吃完泡麵拿起碗將湯汁往嘴裡倒的時候，我聽見門縫底下一陣窸窸窣窣，我猛然想起了什麼，趕緊將碗放下，跳下床衝過去將門打開。

門外除了走廊天花板上忽明忽滅的爛燈外什麼也沒有。

若有什麼，就是劇烈到連我自己都聽得一清二楚的心跳聲，還有腳底板下正壓著的一個牛皮紙袋。蟬堡，一個完全屬於我的眞正報酬。

很好，冥冥之中有一種對於我是一個殺手、而非連環殺人兇手的鐵證是吧？

我小心翼翼將牛皮紙袋打開，屏息拿出放在裡面的三頁名爲蟬堡的怪異小說，在我準備花整個晚上反覆細讀它之前，特意將門反鎖，還掛上了裝模作樣的鏈條。

我很享受獨屬殺手的另一個世界。

26

一定要說的是，殺手大部分的時間可不是殺人。

不管是誰都得好好生活。

在跟我人生無關的記憶裡我看過很多關於殺手的電影跟小說，那些作品大多將殺手描述成冷血的機器，接受命令，然後達成任務，除此之外別無眞正生活細節的刻劃，這種敘述實在是太刻板也太沒想像力了，膚淺！有蔑視觀眾與讀者智商的嫌疑。

不殺人的時候，我同樣在吃飯洗澡睡覺拉屎喝酒玩手機買女人睡，而且還用報酬的一部分買了一把新的吉他。

是的你沒看錯，我當然不會忘記我的搖滾夢，因爲搖滾是我的命中註定，一個足以拋棄殺人職業的命中註定。

雖然這吉他呢我還是不會彈，只會裝模作樣的刷刷刷，但一個搖滾歌手就算立正發呆也得揹著一把吉他立正發呆，否則非常沒型沒格調，這點我比誰都清楚。

如果你懷疑我爲什麼想當搖滾歌手卻不想學吉他，我可以坦白告訴你，我是想偷懶，但比起我想偷懶，眞相是見鬼了我對自己更誠實。我知道不管我怎麼練習彈吉他，我都不會有一個眞正的吉他手來得專業，與其成爲一個半吊子的吉他手，不如專注在演唱上，全神貫注，更能將我的才華發揮到極致。

我不練吉他，當然就是拚命練唱了。

比起泰緬，南韓對流行文化的觸感更敏銳，某種意義上對流行文化的栽培當然也更成熟，我想我應該可以暫時跳過去酒吧應徵搖滾歌手這一步，畢竟我人生地不熟，要找一個專業的吉他手幫襯我實在太有難度，如果我沒有吉他手，酒吧幾乎不會考慮我。幸好我思慮周延啊。

所以我又買了一台錄音機，將我狂野不羈的練唱通通錄下，等到我湊滿十首歌，我就會把卡帶寄給唱片公司。是的是的我是清唱，因爲我沒吉他手伴奏嘛，不過唱片公司有的是專業老師，聽力理所當然也是專業等級，如果有吉他在我旁邊彈來彈去他們便無法專心聽到我的聲音，不如我就直接用我的嗓子跟那些製作人專業的耳朵溝通。

如果他們夠專業，就聽得出來我充滿潛力，才能豐沛，爆發力獨一無二，以及搖滾最不可或缺的——強烈的靈魂。

我只錄了兩首歌，劉錚哥就又給了我一個絕對還是臭女人下的單。

那張單還是見鬼了。

劉錚哥曾跟我苦口婆心，不要對單子下道德判斷，畢竟漫畫裡有一種職業叫超級英雄，超級英雄要不要出任務可以有道德判斷，因爲他們想得到大家的認同，或者被大家喜歡。但我們幹殺手的只要問做得到或做不到，不問是非，不問情義，免得我們產生自以爲是替天行道的什麼鬼東西。

劉錚哥覺得我們反正不是好人，不是好人卻有那種替天行道的想法很噁，我也覺得很噁，於是我跟劉錚哥說不管是什麼單總之下給我就對了，雖然我很討厭幫心理變態的臭女人做事，但比起來扣扳機這件事我更不想停。

達成共識後，我用鬼子快遞給我的假證件在半夜入住了一間位於江南區的廉價旅舍。但這次我連自己的房間都還沒進去，我就用連我也不知道爲什麼我很擅長的開鎖技巧，默默進了我隔壁的隔壁的房間。

我把相機架設好，再踢醒正在熟睡的目標。

那個目標叫什麼我現在當然忘了，就假定他叫大叔吧。

我將大叔的手指用簡易的塑膠扣反綁起來，然後愼重地拿出雇主千交代萬交代寫的文件。那份文件其實是一份設計複雜的問卷，充滿了怨念與疑問，令我暈眩。

經過了一番令大叔很痛苦、而我只是浪費一點點力氣的肢體溝通後，大叔肯定很明白自己的立場了。我嘉許渾身大汗的大叔沒有被我揍到尿出來的意志力，然後請他務必全神貫注回答我的問題，以免我逼他挑戰對痛苦更上一層樓的承受力。

「早點開始早點結束，你好，我是火魚。」我擦汗。

「……兄弟，你一定是認錯人了，我沒什麼錢。」大叔咬牙。

「沒錢沒關係，有命就行了。」

錄音機打開。這也是任務的一部分。

唉，殺人是很好，但女人好像很容易想不開，她們在殺人之前，好像非得跟對方來一場精神交流不可。這種精神交流不只折磨目標，也剛剛好非常折磨殺手。我。

「總之聽好了，今天晚上你最悲慘的結局，是死。只有你在以下的問題迷宮裡找到活命的最後答案，才有一點點可能活下去。」我很遺憾地看著這個可憐的大叔，說：「不要這樣看我，腦子有病的是做問卷的人，不是我。」

「到底是誰想殺我？」大叔的鼻子還滴著油答答的血。

「不好意思，現在是我問你問題，不，是雇主委託我問你問題，你如果反問我或刻意亂答浪費我的時間，我只好把你的膝蓋打碎。」我將滅音器旋上槍管：「用這個。」

「你……你是開玩笑的吧？」大叔很震驚。

「我喜歡殺人，也不介意虐待人，你可以偶爾不配合沒關係，我很期待。」

「……」大叔深呼吸，像是吞了一口口水。

「好，我們開始。請問你認爲眼前這個殺手，也就我，是誰派來的？A，金泫雅。B，全永淑。C，申美京。D，其他。」我拄著下巴：「嗯？」

「兄弟，能不能打個商量？不管是誰想殺我，我付你兩倍……不！三倍的價錢！放過我！」大叔滿身大汗地看著我：「我等一下出去馬上去提款機領錢給你！」

剛剛不是才說自己沒錢的嗎哈哈。

「所以是D，其他啊……嘖嘖。」我試著有耐性地翻著問卷：「選擇D的話，那就來到問題十一了。聽好了，請問，這十年來你到底還上過多少野女人啊？A，四個以上。B，四個到六個。C，六個到十個。D，其他。嗯？」

「等等！剛剛那個問題我選C！他媽的只有美京那個賤女人幹得出這種事！」大叔忿忿不平，旋即再度強調：「兄弟，我不會騙你，出去立刻提錢給你，我也不會去報警！今天晚上我就當作什麼事都沒發生過！」

「選C的話啊，申美京，那就是……」

我順著答案底下的連鎖提示，手指往下尋找：「嗯，那就改回答第六題。請問你愛過申美京嗎？A，完全不愛。B，以前愛，現在不愛。C，一直都很愛，只是吵架時會講氣話說不愛。D，其他。」

「……B。」

「嗯，B……我看一下喔。好，那就繼續回答第三十一題。請問申美京平常最惹你生氣的點是什麼？A，東西常常忘了歸位。B，不太會做菜。C，講話有時會大聲了一點。D，其他。」

「美京那個瘋婆子豈止東西忘了歸位，她根本就是亂丟！什麼都亂丟！菜豈止是不太會做，她根本就沒下過廚！連熱水我都沒看她煮過誇不誇張？而且她根本就是一個大嗓門，講話一點氣質也沒有！沒水準，又老愛罵一些下流低級的髒話！但這些哪裡是惹我生氣的重點了？重點是她根本是個到處犯賤的臭八婆！她眞的有神經病！神經病啊兄弟！」

「神經病……神經病……沒有這個選項，所以應該算其他。嗯，那麼你得回答第三十四題，選擇其他的你，必須回答所謂的其他是，A，有一點點起床氣。B，月經來的時候脾氣稍微差了點。C，遇到在意的事會小心眼，但心地善良。D，胸部太大。E，有時候看深夜節目打擾到你睡覺。F，其他。其他？」

「我剛剛就說她有神經病！神！經！病！」大叔咬牙切齒。

「所以還是其他？」

「那個臭婊子腦子有病！神經病！」

「是是是我知道你很煩，但我們得繼續回答第五十一題……請問你記得美京跟你一起同遊東京的時候，最令美京印象深刻的是哪一件事？A，你送了一個LV包包給美京。B，美京在機場喝醉了。C，美京搭手扶梯的時候跌倒了你即時抱住她。D，其他？」

「操！我什麼時候跟那個賤女人去過東京？在夢裡吧！那一定是一個惡夢！」

「其他的話，那得回到第三十三題……」

就這樣我跟大叔都陷入了連鎖答題的地獄裡。

其實我也不曉得雇主是誰，那是劉錚哥的事，不是我的，不過大叔既然選擇了美京，我就當作雇主眞是美京好了。嗯，我非常確定美京是一個擁有無限精神病的賤女人臭三八。

我對大叔投射以無限的同情，所以在大叔釋放他負面能量的時候我並沒有眞的把他的膝蓋轟碎，這是同樣身爲男人的我的一點心意。

循著這份設計複雜的變態問卷一來一往，折騰了我差不多三小時，終於走到了最後一個問題。我問到口乾舌燥，而大叔更是累到連罵美京那個臭三八都有氣無力了。

我決心要給快被逼瘋的大叔一個爽快。

「最後一個問題，下輩子想當美京的什麼？A，老公。B，兒子。C，狗。D，金魚。E，爸爸。F，外遇情人。G，珠寶。不好意思，問到最後了，所以這一題沒有其他的選項。」

「我想殺了那個賤女人……不，下輩子我一點都不想跟那個賤女人有任何關係了，一開始我就要逃得遠遠的。」此時大叔肯定是自知難逃一死，瞪著我：「還不動手？」

我點點頭。

雖然單子上的雇主特殊要求是「用盡你所能想到的所有殘酷方式折磨死他」，但我實在想不出有什麼方式比剛剛那一份又臭又長的問卷還要手法變態、還要可怕、還要殘酷、還要喪盡天良。於是我繞到大叔後面，用枕頭摀住大叔的臉，一槍轟在他的後腦杓上。我讓大叔緩緩地斜斜地倒在床上。

我將錄音機關掉前，不忘代表全天下的男人對著收音孔罵了幾句髒話。

27

那幾句髒話肯定隨著大叔的怨念反彈到了我身上。

那一陣子我收了很多怨婦瘋婆下的單，送了相當多的可憐男人歸天。我沒有一次不同情他們。那些男人死前的窘狀讓我堅信女人做事就是婆婆媽媽，有的雇主還要我唸一長串充滿憎恨的分手信，唸完了才可以開槍，是有沒有那麼放不下啊？

眞正的收穫是枕頭下那疊越來越厚的蟬堡。

跟成不成爲第一的野心眞的無關，不過我一直在想，到底我要處理多少張這種等級的爛單，我才有辦法接到像G一樣轟轟烈烈的任務？

如果幹掉軍閥的單子眞的很罕見，至少也要讓我去槍殺幫會老大吧？更何況轟掉幫會老大的頭這種事我在泰國當小混混的時期就得心應手，沒道理現在做不起來是吧。

唉，見鬼了爲什麼我現在已是一個職業殺手，卻老是在殺一些可憐的雜魚呢？

「這樣看著我？到底你想說什麼啊老弟？」

「我想殺一些狠角色啊！」

此時當然還是在路邊咖啡餐車的對話，我，跟我的經紀人。

「殺人這種事，不只是黑社會有需求，現在平凡老百姓大家都有需求，隔壁大嬸有想殺的人，學校老師有想殺的人，在便利商店打工的小妹有想殺的人，這麼多普通人都想殺人，他們想殺的人當然很多都還是普通人啊！」劉錚哥咬著插在冰咖啡上的吸管：「你們職業殺手，能不能別把自己想成黑社會啊？黑社會是黑社會，殺手是殺手。」

「這我了解，只是別老是將這種變態女人下的單推到我身上，我想好好殺人嘛！」

「殺人正常嗎？殺人不正常吧？你再怎麼說服自己殺人不過是你的工作，你還是會覺得殺人不是一件正常的工作吧？是吧！」劉錚哥失笑：「所以會眞的花錢叫別人去殺另一個人的人，腦子肯定也不正常，單子沒有幾張是伸張正義的好嗎火魚哥！」

「我眞他媽的不是要伸張正義。」

「那就好。來，這也是一張跟正義完全無關的單。」

我翻白眼，又接過另一個瘋女人下的單。一看到雇主名字，我就知道這張瘋單勢必會讓我錄了五首歌的搖滾Demo帶不得不暫停一下。

我憎恨夢想進度延宕的感覺，更憎恨夢想延宕是因爲這個名字。愛蓮娜。

28

還記得愛蓮娜吧？

她可說是讓我踏上殺手路的第一個瘋女人，現在兜了一小圈又回到她身上，因爲她對男人的瘋狂與踐踏沒有止盡。

我要做什麼呢？正因爲我會講流利的中文，所以我獲得出差一趟到台灣的機會，千里迢迢去台北幹掉一個叫徐豪的中年男子。

出國殺人，滿屌的，不禁讓我覺得有時殺手也有一種很商務人士的質感，爲此我特別買了一件深黑色西裝外套登機，裝模作樣一番。

根據雇主提供的資料，徐豪是一個作家，是的徐豪是他的本名，他的筆名則叫「尋找風的男子」。會取這種矯情的爛筆名，足以證明徐豪是一個沒有才能的爛作家，把他從這個世界上抹消掉肯定沒有任何讀者哀悼，因爲他們根本不會意識到發生過什麼事。

不曉得是雇主呢還是鬼子在資料袋裡放了一本徐豪寫的小說，小說夾頁有一張作者照，意思大概是要我看清楚了再殺。不過我覺得參考價値頗低，因爲那張照片跟他的筆名一樣做作，柔焦又美肌，同樣身爲男人的我感到很可恥。

從南韓搭飛機到台灣的途中，為了打發時間我隨便翻了一下那本叫《混亂大逃亡》的小說。那是一個關於災難的故事，說的是殭屍暴走到處吃人造成都市大恐慌那種毫無創意的災難，但小說本身對讀者造成的閱讀災難遠勝故事裡虛構的大災難，我讀得昏昏欲睡，快抵達桃園機場的時候竟然還有一點暈機想吐的感覺。

然後我就眞的吐了，吐在我及時從座位前方拔出來的嘔吐袋裡。

我想，這本爛小說的出版一定不只是徐豪一個人沒有才能造成的，負責審稿的編輯肯定也是一個毫無才能的爛貨，不過這本書最大的弊害可不是讓不小心選錯書的讀者覺得白花了錢很後悔，而是誤導一些想以寫作維生的沒才能者，以為這種等級的低劣才能就可以出書，害得他們對專職寫作這條路躍躍欲試吧。

一想到才能的問題，我就想到了劉錚哥。

劉錚哥喜歡寫詩，狂寫濫寫不停的寫，卻誤以為自己有寫詩的才能，唉，這眞是誤會大了，喜歡是一回事，能將喜歡的事當作職業是另一回事，這是連小學生都應該知道的事，卻怎麼這些人都看不清楚。

對這些沒有才能的人來說，意外投稿中了文學雜誌或是意外出了一本書，讓他們誤以為自己也是很有才華的，對他們的人生一點幫助也沒有，只會害他們越陷越深，進行一些完全不值得的努力……想到這裡，我忽然有一種非得趁早殺掉徐豪不可的使命感。

下了飛機，我住進鬼子幫我從網路登記的商務飯店，悠閒等候進一步通知。

我在想，專門幫殺手負責蒐集情報甚至控制情報的鬼子，畢竟不能從虛擬的網路上遠端窺視一切吧，他們應該也有親自走到目標習慣活動的地帶、像偵探一樣實際拍拍照、捕捉訊息的一面？說不定在我每次行動的時候，鬼子其實就在附近準備隨時支援我？

我當然不知道答案，因爲這個鬼子跟我完全相處不來，根本不會聊工作之外的事，不過我並不想因爲相處不來就跟劉錚哥說我不想跟她，或他，合作了，請劉錚哥找一個新的鬼子聯繫我。不，我不會那麼做，直覺上我覺得因爲相處不來就不合作，是一個非常不專業的決定。

就在我胡思亂想了兩天後，鬼子告訴我可以結束我在台北的假觀光，她已掌握了爛作家徐豪的行蹤。我說，快點。

鬼子說，徐豪跟家人住，基本上足不出戶，整天在家寫作浪費自己跟編輯跟讀者的生命，若依照愛蓮娜繁瑣的殺人前要求，我肯定無法在徐豪家裡做事……除非我打算一鼓作氣把他家人殺光。嗯，我是不介意把子彈花光光，但刻意計畫殺一堆普通人實在很違背身爲殺手的尊嚴。

跟我有一樣的想法，鬼子說我得在徐豪家之外的地點做事，而那個時機馬上就到，就在明天下午。

「明天下午他會出門嗎？」

「會，務必把握。」

鬼子說，那個沒有才能的小說家已如往常預約了心理醫生，只要他沒有睡過頭或臨時改預約時間，我就可以從診所外一路跟蹤徐豪，在他回到家以前伺機找機會把事情做完。

看心理醫生啊？一般人心情不好就是去睡覺，要不就是找朋友聊天，再不然就是去喝悶酒……然後喝到睡著，正常人不就是這樣排遣的嗎？徐豪這麼糟糕的爛小說家，賺到的版稅竟足夠他在心情不好的時候去看心理醫生？心理醫生？Sure？這麼高級的排解法？見鬼了我眞覺得這個世界眞沒天理。

我立刻回撥電話給鬼子。

「又有什麼問題嗎？」

這算是我第一次主動打電話給鬼子，可她的聲音依舊很冷淡。

「徐豪出過幾本書啊？」我直接切入。

「十五本。怎麼？」

「十五本？我的天啊徐豪這種貨色可以出十五本書？」

「這跟任務有關嗎？」

「妳看過他的小說嗎？」

「沒有。沒必要。」

「妳知道他毫無才華嗎？」

「你都可以當殺手了，他當然也可以寫小說。」

「……」看樣子是我自討沒趣，於是我硬生生打住這話題：「算了，反正他不可能寫第十六本了。」用力掛掉電話。

半天後鬼子傳了一個簡單易瞭的計畫內容給我，大抵是她幫我租了一台黑色廂型車，只要我在徐豪看診完後想辦法在路邊揍他幾拳，趁沒人看到迅速將徐豪扔上那台車，在車上全面控制他的行動。

再來就是將車子開到鬼子指定的廢棄停車場，在那裡我就有足夠的空間與時間把愛蓮娜一連串的要求給搞定。當三流小說家前往投胎的路上，我只要回到飯店睡覺睡到自然醒就行了。

有問題嗎，鬼子有問等於沒問。

沒問題，我說等於沒說。

鬼子附帶一提，暫時沒有幫我訂回韓國的機票，因爲可能有一個剛好在台灣的目標需要被殺，劉錚哥考慮讓我順便動手。鬼子問我有沒有意見。我說，妳明知故問。我誠摯希望那個需要被殺的目標剛剛好是一個非常棘手的狠角色。

最後我從鬼子那裡拿到那一個精神治療的診所地址，我也拿到了計畫中的黑色廂型車，甚至那台黑色廂型車裡還放了一只裝有兩把手槍、和一小瓶強烈麻醉劑的Rimowa金屬旅行箱，我的後勤眞是神通廣大。

不過呢，我將這個完美的計畫稍微做了一點點修正，那就是我根本沒有耐性等這個三流小說家看診完再娘砲地跟蹤。

嗯，我在他一出家門不久就開車將他撞倒。

有擅長耍玩科技的鬼子掩護就有這個好處，基本上所有監視器都是廢物無誤，我只需要在意眞實的路人視線就夠了。我將痛到連大叫都辦不到的徐豪給硬拖上車，然後在車廂裡一拳將他揍暈……麻醉劑個屁。

我直接把車隨意停在百貨公司的地下停車場，因爲見鬼了比較近嘛哈哈哈哈。

接下來，就是愛蓮娜的驚悚劇本再加上我的即興導演了。

29

客氣什麼，我一拳揍醒了徐豪。

他醒來。

我坐好。

「嗨，我知道你是誰，所以我先自我介紹，我是殺手，你不用浪費力氣掙扎，也不用假裝可憐說一些求饒的話，通通行不通，要是你敢在車上大聲求救，我很歡迎，因爲這樣我就有理由快點結束這一切。」

「殺手？那……」

「是了，我從你的眼神接收到了，你想知道是誰雇用我的吧？可以，她叫愛蓮娜，一個自稱被你拋棄的女人，其實這也是她授權讓我告訴你的。」

我將兩把槍晃在手上，除此之外我可沒有刻意裝兇，那樣的語氣太戲劇化了。

「……愛蓮娜？」剛剛被我揍醒的徐豪肯定頭痛欲裂。

爲了讓大家對接下來的對話有點具體想像，我大致描述一下徐豪吧。

嗯，徐豪他今年快四十歲了，體型中等微胖，戴一副過時的金邊眼鏡，髮型……沒有髮型，就是普通到我只能說他的頭髮是直的吧，嘴唇肥腫，眼窩腫裂，因爲我總共朝那兩處用力揮了兩拳。以上。

「你的腳大概被我撞斷了，所以愛蓮娜希望我讓你在痛苦中回答問題，這要求我算是清楚明白地做到了。接下來我要錄下你對愛蓮娜的愛的告白，至少要五分鐘。」我將錄音筆丟在徐豪腳邊，說：「你準備好了隨時開始。」

「你說的愛蓮娜，該不會是我的部落格網友……愛蓮娜吧？」

「大概是吧。」

「我沒有拋棄她，而且……她只不過是跟我聊得比較投緣的一個女讀者罷了……天啊這中間一定有什麼誤會！」徐豪痛呼：「你一定要查清楚啊這位大哥！」

我當然知道這中間不僅有砂鍋大的誤會，還有天大的冤情，不過所謂的專業精神就是昧著良心、鄙視事實、揚棄節操、公事公辦。

徐豪沒有對愛蓮娜深情告白，而是驚慌失措地對我解釋愛蓮娜跟他之間的關係。

根據這位三流小說家無比誠懇的說法，他們根本不熟，而且所謂的拋棄也不過是徐豪覺得部落格的潮流漸漸沒落了，個人經營的未來在Facebook臉書，所以他便將主要的精力移動到臉書，部落格的更新也就少很多了。

而印象中愛蓮娜就是一個部落格讀者，常常會用悄悄話的功能留言給他，他偶爾會回應，既然他漸漸少用了部落格也連帶地漸漸少回應了愛蓮娜的留言，如此而已。

徐豪承認，從互動中他的確感覺到愛蓮娜對他的喜歡，不過他是一個出版了十五本書的作家，被一些讀者盲目喜歡也是很合乎邏輯的事，縱使互動間的言語有些戳來戳去的曖昧，他也沒有特別將愛蓮娜放在心上，更沒有約過愛蓮娜出來喝下午茶或看電影之類，很守分際。

總之呢，徐豪發誓他絕對沒有跟愛蓮娜交往過，更談不上愛情裡任何寬鬆或嚴格定義上的拋棄或背叛，他發誓。他不斷發誓。用他的家人，用他的全身上下器官，用他的未來，只要他想得出來的東西他都拿來發誓。

見鬼了還需要你發誓嗎？我早就知道愛蓮娜腦袋不正常。

「很好，很感人的告白。」我嘆氣，拿出一張白色卡片給他：「愛蓮娜特別強調，如果你還愛她，就用血，將你對她的愛寫在這張卡片上，這樣她就願意饒你不死。」

徐豪傻眼，不過他當機立斷咬破手指，這時輪到我趕緊大叫了：「等等！愛蓮娜有說，她要的血是舌頭的血，不是手指的血。可能還得麻煩你了。」

唉，這也是愛蓮娜的劇本。

她特別註解說一定要等徐豪把手指咬破才能強調是舌頭的血，眞的非常變態。

於是我就看著徐豪神色猙獰地用咬破的舌頭在卡片上寫紅色毛筆字，唉，他寫了心不甘情不願的「我愛妳」三個字，寫完不僅一身大汗，滿臉更是一堆激痛出來的難看淚水，光在旁邊看，我的舌頭都麻了。

我嘉許地點點頭，但也只能依照劇本宣布：「愛蓮娜很高興你願意用血表達你對她的愛，不過她不想你跟別的讀者眉來眼去，所以愛蓮娜希望能夠擁有你的網路帳號跟密碼，這樣她就可以自由看你跟其他讀者來往的信件跟對話紀錄了。」

「那……」徐豪的臉還在扭曲，無法變回正常。

「如果你愛她，應該不介意吧？」

我將卡片翻過去，示意他用腫脹的舌頭繼續寫帳號跟密碼。

徐豪拚命蠕動舌頭寫完之後，我問：「這是臉書的帳號還是部落格的？」

「部落格……」徐豪哭喪著臉。

「Shit！愛蓮娜要的是臉書的啦！」我大叫，這當然也是雇主的劇本設計。

「其實……」徐豪講話眞是超級大舌頭了，不清不楚的：「兩邊密碼都一樣，臉書帳號是我的電子信箱，信箱……啊……點一下部落格那邊的個人介紹頁，那邊都有顯示……啊……」

「你要我跟她這樣解釋嗎？愛蓮娜沒耐性兼神經病啊。」我嘆氣：「再寫一次吧。」

接下來半小時繼續上演的虐待過程我就不贅述了，總之就是沒品，沒有格調，極盡踐踏尊嚴之能事。最後我終於忍不住將車子重新發動，打開冷氣，不然我會被車子裡夾雜著的血腥味跟汗味的怪味給熏死。

舌頭都快變成一條乾抹布的徐豪拚命用力張口喘氣，渾身發抖看著我。

「很好，你非常配合，也非常依戀愛蓮娜，我可以依照愛蓮娜的要求放了你。」

徐豪原本快被恐懼淹沒的眼神，至此用力綻放出即將重獲新生的光芒。

接下來我應該說出來的台詞是「不過愛蓮娜是開玩笑的。」然後把這個可憐男人的腦袋轟出一個洞，結束這可笑的一切。

不過我很好奇，到底一個三流小說家是怎麼長期看待自己的三流人生？所以我忍不住在劇本尾聲加了一點點我個人的創意。

「徐豪，你介意在走之前回答我幾個問題嗎？」我當然很客氣。

「……」徐豪瞪大眼睛，有點迷惘，不過立刻識相地猛點頭。

「嗯，爲什麼你要取這麼爛的筆名？尋找風的男子？」

「因爲……」徐豪努力地回答：「追風男子已經被別的作家給取走了。」

「……」我恍然大悟，這眞是最誠實的答非所問。

「尋找風的男子，你覺得自己有寫作的才能嗎？」

「畢竟我已經出了十五本小說了，多多少少吧？」儘管很痛，徐豪還是有點靦腆。

「既然覺得自己有才能，那你去看心理醫生是爲了什麼？煩惱找不到女人？」

「我認識很多作家，他們寫的書都不怎麼樣，卻賣得比我好，我很不服氣。」

見鬼了！眞的是見鬼了！

「所以？」我調整姿勢慢慢蹲下，不服氣個屁。

「所以我覺得很痛苦，非常痛苦。明明那些三流作家沒有寫作的才能，讀者卻那麼肯定他們，比起來，大家都一直忽視我的存在，我覺得這個世界非常不公平。哼……那些賣得好的作家不過是剛好寫到了正在流行浪潮上的題材，盜墓、吸血鬼、魔法、後宮、穿越之類的……要不是……」

這種帶著強烈自信的控訴，逼我感到一陣天旋地轉。

「等等，我看了你一本關於殭屍的小說。殭屍也很流行啊？」我試著鎮定。

「流行？殭屍的小說比吸血鬼的小說要難寫太多了！」徐豪痛苦地抗議：「比起那些只會撿便宜的作家，我總是走最困難的路，我眞的很辛苦！」

「……那你爲什麼不也寫一點吸血鬼或穿越或魔法的小說？」

「其實我也寫過，不過沒用的，光是外表我就輸人家太多。哼，如果我是那種……嗯……」徐豪顯然很努力想討好我，強忍舌頭的劇痛還是繼續說：「那種外表很帥又很高的作家就好了，那樣出版社就會願意把我包裝成文學偶像，也許我的小說封面上的宣傳腰帶可以多一張我的照片……其實還有很多類似的想法，總之，我空有文學實力，有什麼用？我所欠缺的一切都是文學實力之外的膚淺東西，但這些欠缺總讓我很痛苦，痛苦到無法專注在小說創作上，小說的進度越來越慢……」

「既然你認爲自己有文學實力，幹嘛不去投稿純文學的雜誌？或是投稿給文學獎啊？」我想起劉錚哥：「乾脆立志當一個純文學的作家算了。」

「沒用的，那些純文學的作家只會寫一些自溺的文字，讓他們頒獎給我，對我是一種侮辱。我在文學上的成就，不需要讓那些只會堆砌詞藻的人決定。」徐豪一邊說，舌頭一邊又開始滴血了：「我說過了，我走的路眞的是最困難的路，我要的不是區區幾個評審的肯定，我要的是大眾讀者的肯定……有時候我難免自怨自艾，爲什麼我的才能領先了這個世界好幾十年，卻反而讓我很痛苦！」

我倒抽一口涼氣。

這個小說家不僅三流，還有很嚴重的妄想症。

不，或許不是妄想，追根究柢還是才能不足吧？才能不足的低淺程度已經到了無法發現自己的才能超級不足。依他的寫作程度可以出版一本小說已經異常幸運，一共出版十五本可說是神蹟，現在竟然還奢求暢銷？見鬼了眞的是見鬼了。

「結果有用嗎？」

「有用？什麼有用？」

「結果看醫生有用嗎？」

「我也不知道，大概沒什麼用吧？其實那個心理醫生是我的狂熱粉絲，大部分的時間我們都在討論我剛剛完成的小說劇情，因爲他的資質有限，我得花很多時間向他解釋我爲什麼要那麼設計，還有角色的部分也要……」

等等，那種爛劇情還需要設計？

角色？那種面目模糊的東西？你是認眞的嗎？

「雖然診療費花了我大部分的版稅，但醫生覺得不需要浪費時間在討論我的病情上，因爲他覺得懷才不遇是每一個天才共同的痛苦，只有得到這個世界的理解才能眞正治癒我，我實在無法反駁……」

「眞的相當有見地。」我眞想朝那個心理醫生的臉上吐口水：「不過他既然浪費你的看診時間去追問劇情，你幹嘛還要花錢去看他？」

「我覺得那樣也很……很不錯吧？至少每次走出診所的時候，我都覺得自己至少是被理解的。你知道嗎？身爲一個創作者，只要有一個人眞正了解你的作品，你就有動力繼續努力下去……」

「嗯，你一定要繼續努力下去。」

「謝謝。請問我可以走了嗎？」徐豪有點戰戰兢兢。

「啊！當然可以。不過我剛剛故意把你的腳撞斷了，可能要請你慢慢用爬的。」

「沒關係沒關係。」徐豪奮力用雙手撐起自己，爬向車門。

「對了，你的第十六本小說是關於什麼題材啊？」我脫口而出。

「啊，目前還是最高機密，不過既然你問了……」已經一手握住車門內手把的徐豪竟然停下，回頭滔滔不絕地說：「我打算寫一個超級大長篇。這個世界上有一種特殊的種族，他們可以從運氣特別好或特別差的人的身上汲取命運的能量，你要說偷或搶或交易也可以，但他們就是能夠把不同的命運轉放在不同的人的身上，至於他們偷取命運的方法，你聽過一句成語叫九命怪貓嗎？我在想這個成語的背後……」

我就這麼聽著他手舞足蹈地說了又半個鐘頭的新小說靈感，他好像已經忘掉了舌頭上的劇痛，一邊講，舌尖一邊亂噴血，害我不禁有一點點感動。

是啊，沒有才能的人是很可憐，但不管有沒有才能，寫小說都是徐豪這一輩子最喜歡的事無誤吧？一個沒有才能的人竟然可以一輩子誤解自己很有才能，不需要煩惱自己缺乏才能，而是煩惱這個世界無法理解他，某種意義上也是無比幸福的人生吧。

「你覺得，這個故事是不是很有發展性？」徐豪興奮得滿臉通紅。

「沒有。」我舉起槍。

徐豪錯愕地看著我。看著子彈。

兩顆交叉錯行的子彈結束了三流小說家的錯愕。

熄滅錄音筆上的紅光，我下了車。

一身輕鬆，我走進樓上的百貨公司裡買了一套乾淨爽朗的衣服換上，還順便在甜品區邊走邊吃了一根草莓甜筒，對了我還吃了一大塊淋了大量巧克力醬的鬆餅，用甜味將瀰漫我鼻孔裡的髒空氣給清光。

好像就是從這一次開始吧，我特別喜歡請鬼子將做事的最後一站設定在百貨公司，就如同我現在正在爲你倒敘這個故事的位置。

如我預期的，鬼子打電話罵我爲什麼多花了那麼多時間，不過這次我沒有反罵回去，因爲我有事想拜託她。

我請鬼子用她的電腦技術駭進徐豪剛剛正想去看的那間精神科診所的內部系統，幫我在今天晚上臨時掛號。如果診所只接受電話登記，那麼也請她幫我打個電話預約。總之我想跟那個醫生談談。

「你想做什麼？你想在裡面大開殺戒嗎？」

「不是，我發現我跟妳的溝通一直有障礙，我想好好改善我的情緒問題。」

「你到底想做什麼？」

「妳不幫我掛號也無所謂，反正我也覺得自己的溝通沒什麼問題。」我掛掉電話。

一分鐘過後，鬼子的簡訊出現在我的手機裡。裡面有我的掛號號碼。

哈哈，我很期待晚上的心理治療呢。

30

那間主打治療憂鬱症的私人精神科診所位於台北最昂貴的地段之一，忠孝東路，診所治的既然是文明病，自然也得開設在最文明的地段，收最文明的費用。

我同意它的費用，因爲候診間的沙發實在非常舒服，連帶的我手中這杯熱茶也跟著好聞極了。更重要的是剛剛那位遞給我茶水的護士小姐非常可愛，酒渦很甜，尤其小腿很細，很適合掛在肩膀上。即便我眞的有憂鬱症，跟她上一次床也應該很有起色。

八點到，看診間準時打開。

裡面很大，有一幅達利最著名的仿製畫《記憶的永恆》，一處種滿植物的陽台，一張毫無特色的辦公桌，一只十分討喜的褐色沙發。

我猜想這只大沙發除了讓病人躺著哭訴他的世界有多灰暗外，是不是也有讓醫生用老二幫女病人打針的功能……喔不，說不定是幫櫃檯那個小護士打營養針呢。

「吃點東西？」醫生微笑，他正在切蘋果。

「好啊。」我逕自拿起盤子上他還沒切下去的另一顆蘋果，大口咬下。

我沒有朝那張誘人的褐色沙發坐下去，不知爲什麼我就是不肯好好扮演一個需要幫助的病人。或者，願意好好合作的病人。

我站在陽台前，裝作對那些細莖植物十分感興趣似的，蹲下，假意好好打量正在葉子上緩緩爬行的小蝸牛，其實我一點興趣也沒有。

「蘋果好吃。」我又咬了一大口：「你可以開始治療我了，我有憂鬱症。」

「你沒有你在病歷裡說的情況嚴重啊。」醫生莞爾，拿了一塊切好的蘋果送進嘴裡：「還是你打算從頭說明呢？」

「我的病歷？」

「你的朋友傳眞了一份你的病歷給我，上面寫得很嚴重。掛號的時候你朋友強調你的情緒瀕臨崩潰，如果不緊急治療恐怕這次你眞的會跑去自殺。既然你都快緊急自殺了，我也就只好緊急加班，好讓你在自殺以前付一筆看診費給我。」醫生笑笑，將鬼子傳眞給他的病歷遞給我看。

「喔？」我接過。

在鬼子虛構的我的精神病病歷裡面，我是一個在童年時期飽受叔父強暴的性受創者，爲此我在十八歲那年逃離破碎的家庭、與叔父邪惡的陰莖。逃出虎口後我拿著偷來的媽媽的私房錢，強迫黑市醫生爲我做了肛門重建手術，好讓自己擁有一個健康乾淨的新肛門，沒想到副作用卻是從今以後我有嚴重大小便失禁的毛病，令我的內心充滿了恨。長大後我一直圖謀著回到家鄉強暴當年強暴我的叔父復仇，但由於我是一個天生孬種，故始終無法下定決心，加上我有性功能障礙，也就是俗稱的不舉，所以沒有把握我可以把叔父強暴回來，我很痛苦，日夜鬱鬱寡歡，常常動念以自殺了結此生，但因我素來膽小怯懦連殺死自己的勇氣也生不出來，總在最後關頭打消主意，導致我苟延殘喘至今。幸運的是，上個月我總算交了一個肯為我犧牲前途的奈及利亞裔黑人男朋友，他願意代替我強暴我的叔父，更幸運的是我的黑人男友向我坦承他有愛滋病，說不定不但可以強暴我的叔父更可以害他得愛滋病。遺憾的是當我們回到家鄉的時候叔父已經早一步被車撞死，我喪失了唯一復仇的機會，我的痛苦達到前所未有的程度，這次我再度非常想自殺，所以來看一下心理醫生，看看能否給我一點正面能量，畢竟我真的是一個連自殺都不敢的孬種。

「很好。」我點點頭，將病歷摺好。

原來鬼子幫我掛號，並不是天真的想要改善我跟她之間的溝通不良，而是想藉著這份爛病歷好好羞辱我，讓我出醜。不過我一點也沒有生氣，反而很欣賞鬼子的黑色幽默，我想這的確是很好的溝通起點。

「人工肛門啊，一定很辛苦吧。」醫生笑笑。

「不介意我等一下漏糞在你的沙發上吧？」我一屁股坐下。

醫生笑了出來：「那我就拭目以待囉。」

嗯，這一句鬼扯般的拭目以待讓我對眼前這個醫生產生了好感。

我猜他早就知道那是一份胡說八道的假病歷，卻還是讓我緊急插隊見了他，這個醫生的幽默感之高，難怪可以把徐豪唬得一愣一愣。

「要從你邪惡的叔父談起嗎？還是你偉大的男朋友？」醫生輕鬆坐下。

「嗯，從我的男朋友說起好了，嗯，我是說，其中一個男朋友。我那其中一個男朋友叫徐豪，也就是你其中一個病人，記得吧？小說寫得超級難看的那一個。」

「記得，今天我們本來有約，但他沒來。」

「好，我不知道徐豪有沒有跟你提起他跟我之間的關係，不過那都算了，我比較想知道的是，我男朋友明明就是一個沒有才能的作家，你為什麼……」我乾脆用胡說八道的方式切入我想討論的東西：「你為什麼可以跟他那麼認眞討論他的作品？難不成，你眞的覺得他寫的小說很好看？」

醫生笑了。

「小說本身並不好看，技巧方面也有一些問題，比如說……你想聽嗎？」

「拜託快講。」

「比如說，徐豪很喜歡使用第一人稱視角來說故事，這會讓讀者身歷其境，這是好的開始，但他在無法自圓其說的時候常常偷渡第三人稱的全知觀點，這就是一種拙劣的視角背叛。

不過在說故事的才能上面，你的男朋友徐豪倒不是完全沒有才能喔，比如說，在創意方面的構想，他有些想法的確很有才能。」

「的確很有才能？我的天啊，你別因爲他是我男朋友，你就非得說他好話不可。我發誓，不管你跟我說什麼，我都不會透露給徐豪知道。」我舉手，信誓旦旦大聲說：「否則我一出診所立刻被車撞死，如果沒被撞死至少被撞到半身不遂，萬一僥倖沒有半身不遂也會從此不舉……嗯，雖然我的病歷上已經有這一項了。這樣總可以跟我說眞心話了吧醫生？你到底是怎麼安慰一個沒有才能的人？」

醫生慢慢吃著蘋果片，笑笑看著我：「你覺得，什麼是才能？」

「……拿手的能力，擅長的事，對某一個東西有天分。大概是這樣吧。」

「除了漏糞，你覺得你的才能是什麼？」他笑得連眼角都皺起來了。

我笑了出來，我發現我很喜歡這個醫生。

「我有三個才能，一個我不能控制，一個還沒有人發現，一個則是出類拔萃。」

「願聞其詳。」

「不能控制的才能是漏糞，還沒有人發現的才能是搖滾樂，至於出類拔萃的才能……」我想到了殺手三大法則，不過那又怎樣呢？只要我走出這個看診間前將這個醫生的脖子稍微左右調整一下，就不算違反殺手法則了：「嘿嘿，反正跟你說也無所謂，我出類拔萃的才能，就是殺人。」

我說完，立刻將兩把半自動手槍從背後掏出來，放在沙發前的原木茶几上。

「原來如此，那爲什麼搖滾樂是別人還沒發現的才能呢？」醫生似乎不很介意放在茶几上的兩把手槍，多半以爲我是開玩笑的吧：「你殺人的才能，又有多出類拔萃呢？」

嗯啊嗯啊，我在殺人方面到底有多出類拔萃，現在還不急著讓你知道啊醫生，我才剛剛開始看診呢。我在心裡這麼放肆嘲笑著。

「搖滾其實也是我的天命，只是我還沒有完全準備好讓這個世界認識我這方面的才能。該怎麼說呢？由於我不會彈吉他，所以起步上比較艱難。」

「不會彈吉他，學了不就會了？」

「如果我把時間拿去學吉他，我花在練習唱歌的時間不就會減少嗎？這樣就本末倒置了，畢竟我對自己的定位是主唱啊！彈吉他這種事當然就交給我未來的夥伴了，不是嗎？」我大口啃著蘋果。

「如果主唱一邊彈吉他一邊大聲唱歌，感覺也會更搖滾一點吧。」

「大概吧，可能吧，也許吧。唯一可以確定的是，如果我現在才開始學吉他，我的功力一定沒有那種從中學時期就開始玩團的那種人功力深厚，我爲什麼要做那種半吊子的事呢？這點我還有自知之明。」

「你以前當過樂團的主唱嗎？」

「沒。」我說，雖然我沒有任何過去的記憶，不過我倒是很肯定這點。

「參加過合唱團嗎？」

「沒。」雖然沒有記憶上的證據，但這點我也非常篤定。

「依照你的邏輯，如果你以前沒當過主唱，也沒參加過合唱團，你一定沒有那些從小唱合唱團到大的人來得功力深厚。你爲什麼要做這種半吊子的事呢？」

「……」我一時語塞。

醫生慢條斯理地繼續吃他的蘋果片，還爲自己倒了一杯即溶熱可可。

我忍不住看了桌上的雙槍一眼。

「會不會是因爲，其實你是對彈吉他沒有興趣，只對唱歌有興趣呢？」醫生莞爾。

「……大概吧。」我意識到自己正在點頭。

「就好像拍電影，導演是劇組裡最重要的人，不過當導演的人不見得會做場記所做的事，而導演不會做場記所做的事，不代表導演不需要知道場記會做的事，也有可能純粹代表導演對場記所做的事不感興趣，或者導演知道場記的工作對一個電影來說起著什麼作用，自己卻不需要擁有一個場記所具備的完全能力，是這樣的嗎？」醫生說著像是繞口令般的話，幸好我全神貫注聽他說了什麼。

我有一種豁然開朗的感覺。

「沒錯。如果當導演的人曾經當過場記，那他當然就會做場記該做的事，不過不見得每一個導演都當過場記是吧？見鬼了雖然我不那麼清楚，但沒當過場記的導演一定多著呢，同樣不妨礙他們當導演。我就不相信史蒂芬史匹柏做過場記。」

「這樣講起來，我想會作電影配樂的導演肯定非常少。」醫生聳聳肩。

「沒錯就是這樣，不會作電影配樂的導演肯定佔了百分之九十九吧。」

「但不會配樂的導演還是繼續當他的導演。」

「是！清清楚楚！」

醫生不置可否地笑了。

「你想，一個曾經當過場記的導演，一定比沒當過場記的導演優秀嗎？」

我眼睛瞪大，熱血上湧。

「當然不一定吧！如果照這麼說的話，曾經當過場記、配樂、編劇、副導、製片、攝影師、美術指導、服裝指導、勘景、選角指導的人，不就是世界上最厲害的導演嗎？不是嘛！按照這個標準，不就連演過男主角的導演就一定會比只演過男配角的導演還要會拍電影嗎？不見得吧！」我越說越振奮，忍不住握起拳頭。

「是不見得啊。」

「當導演是講天分講才能的，當攝影師也有當攝影師的才能，如果在才能的世界裡還有規則可循的話，反而事事說不通呢。」我很樂意再接再厲：「見鬼了搖滾也是一樣，搖滾可是靡靡之音的天敵，是講發自內心世界的一種狂熱，想要跟這個世界為敵的反叛精神，彈吉他是彈吉他，但就只是彈吉他，刷一刷，彈一彈，嘿嘿搖滾講究的是更狂野的內在力量啊！」

我開始滔滔不絕地向這個醫生訴說我對於搖滾的夢想，我對進軍搖滾世界所做的準備，那卷即將開啟所有一切可能性的Demo錄音帶，那些在我腦袋裡重播一億次的狂熱經典。

一講就停不下來。

我想搖滾的夢想對我眞的很重要，他可是上一世的我留給這一世的我最重要的遺產，其他不重要的東西我全忘光光了，就只剩下那種對搖滾深深嚮往的滋味。我想這個聰明的醫生一定能夠了解我在說什麼，至少，他一定能夠理解所謂的才能——所謂眞正的才能，跟徐豪那種只是狗屎般連環幸運加持的假才能，是完全不一樣的東西。

當醫生打了一個有點刻意的呵欠結束看診時，我還有點意猶未盡。

「記得下次來回診的時候帶著你錄好的清唱帶讓我聽聽看，我會幫你保密的。」醫生起身，伸了一個動作有點大的懶腰。

「我考慮看看吧。」我也起身，又咬了一口蘋果。

眞的很奇怪啊我手中的這顆蘋果。

從我一進診間就抓起來啃的這顆蘋果，在我聊天的時候就不斷地啃啃啃，現在至少過了兩個鐘頭，竟然只啃掉了半個？而這個醫生在聽我說話的時候，同樣一片接一片地拿起他切好的蘋果送進嘴裡，怎麼碟子裡還有兩片沒吃？

我歪著頭，有點困惑地拿起桌上的兩把手槍插回腰際。

「那就祝福你，早點讓這一個還沒被人發現的才能被唱片公司發現吧。」醫生拍拍我的肩膀，還爲我開門：「繼續加油。」

「希望吧。」我有點靦腆，掂了掂手中的半顆蘋果。

「另外還得謝謝你，沒有在我的沙發上漏糞，省了我很多麻煩。」醫生微笑。

「哈哈。」我乾笑。

診間關上的那一刻，我忽然想起了什麼，卻又想不大起來，只得將門反手帶上。

就在離開診所大門的時候，我瞧見護士正在櫃檯裡頭看八卦雜誌。

「這麼晚了，怎麼還不下班啊？」我隨口說。

「咦！」那可愛護士的表情有點驚訝。

順著她的視線，我看見牆上的時鐘。八點三十五分。

眞是怪了，我進去那個診間，才過了大概半小時嗎？

怎麼我覺得好像聊了很久似的。

這時我才想起來我剛剛把手槍插回腰際的時候，竟然忘記把裡面的子彈清光了。

「……」我看著那扇已闔上的診間門，有一種溫暖直達燥熱的異樣感襲上。

讓我親近，卻又想離得越遠越好。

見鬼了原來看心理醫生是這種感覺啊？

無所謂，暫時就這樣吧。

等到這個醫生聽過了我下回拿過來的錄音帶，發表完意見再送他升天也不遲。

哈哈，這個突如其來的點子眞不錯，嗯啊嗯啊，就讓這個世界上第一個聽過我搖滾Demo帶的聽眾在下一個瞬間死亡，感覺就是非常搖滾的黑暗傳說啊哈哈哈哈哈哈，哈哈哈哈哈哈哈哈……

31

台北是一個隨處都被便利商店淹沒的城市。

回到飯店前我在大街上的便利商店買了一手金牌啤酒上樓。

事實上當我隔著冷飲櫃玻璃一看到金牌啤酒，尤其是玻璃瓶裝的金牌啤酒的時候，舌頭上就生出了那啤酒獨特的清爽滋味，我猜「上一世的我」肯定到過台北這地方，喝過不少瓶這個牌子的啤酒，搞得「這一世的我」非得再續前緣不可。

回到房間，等待著我的是門縫底下的蟬堡。

我深呼吸，不禁笑了，抱著「最好吃的部分要留待最後一口才吃」的慶祝心態，將它好好放在電視機前面。這種壓抑可是我反覆練習了好幾次才勉強鍛鍊出來的意志力。然後去洗澡。

雖然我心理沒病，但看看心理醫生的結果還是讓我心情意外的好，於是我一邊喝酒一邊沖澡慶祝。等我喝到第三瓶啤酒的時候，我忽然被重重揍了一拳。

肯定是水聲太大才讓我沒聽見房門被打開的聲音哈哈哈，幸好心情愉快的我手裡拿著玻璃酒瓶，這點連我也沒料到會派上用場，於是那個正在狂揍我的男人也吃了一點苦頭。

遺憾的是我畢竟不是一個擅長肉體格鬥的殺手，我的身手至多拿去凌虐路人跟一些措手不及的大老粗，面對我的同行——是的，我聞到了濃烈的專家氣息，我只有任憑宰割的份。肋骨肯定被打斷了幾根，下顎大概也快裂開來了，最後我被反手扣上了手銬，濕淋淋又赤裸裸地給扔在床上。

「眞行啊，這一下我眞沒料到。一邊喝酒一邊洗澡？哈。」

那個年輕的同行笑笑，輕易將毛巾扯開，緊緊綁住了自己的右上手臂。是的我剛剛用碎開的玻璃酒瓶劃傷了他的手，這個意外的掙扎應該贏得了這位同行一點點的尊敬吧。

「接下來？該不會是雞姦我吧？」我故作輕鬆。

「抱歉我沒有那種嗜好。」他笑笑，輕輕揮動手臂，確認傷勢。

「我就不問誰想殺我了。」我扭動身子改變姿勢，讓自己稍微舒服一點，可斷掉的肋骨讓我連呼吸都隱隱作痛：「不過你哪位啊？名字至少可以告訴我吧。」

「還是別了吧，萍水相逢罷了。」無視我的狼狽，那正是他的傑作。

這位優秀的年輕同行很快就在電視機前面發現那只僅屬於我的牛皮紙袋，不用打開他也知道裡面是什麼東西。他笑了笑，將它扔進了放在地上的一個薄背袋。那是他額外的戰利品，猶如我血淋淋的頭皮。

隨後發生的事我也不算意外，還有點發噱。

那年輕的同行拿出一台很不起眼的手機，用轉接線將它連結電視，一邊說道：「同行就是有這個好處，接下來我要做的事你也做過，所以你就果斷放棄掙扎吧。」

「同意。」

「沒有意外，在你死之前，雇主有幾個問題想問你，如果你好好回答的話，就有機會死得輕鬆點。」他頓了頓，微笑：「我就不騙你有機會活下去了。」

「怎麼有這種毛病的人那麼多啊？眞是報應啊報應。」我覺得非常好笑。

飯店的五十吋電視同步出現了手機上的螢幕，只是我並沒有看見任何人在畫面裡。不過我認出電視裡的畫面肯定也是在這間飯店的某個房間，不管是裝潢風格與擺設的細節都如出一轍，說不定還是在同一個樓層。

也就是說，雇主對我的恨意不是一般般啊。

「第一個問題，你猜猜看，是誰買了你的人頭？」同行拿起一瓶我買的金牌啤酒，直接用手指扭開瓶蓋就喝：「猜對了，雇主就會親自問你問題，那樣的話你就可以同步看見雇主了。」

「愛蓮娜？」我笑了出來，該不會愛蓮娜也認爲我跟她有過一段情吧？

同行隨意一腳踢向我的臉，我的鼻子立刻給踢斷。

我不恨他，我知道這一腳也是合約的一部分。

「哈哈哈哈哈哈……」我痛得眼淚直流，卻還是大笑：「竟然不是愛蓮娜啊？」

「繼續猜，努力點。」同行一臉抱歉，不過我比較介意的是他喝了我的酒。

「看在同行的份上，你也開一瓶啤酒餵我喝，讓我好好喝完再上路吧。」

「辦不到啊。」同行聳聳肩，瞬間就將手中那瓶啤酒給喝光。

想殺我，我無所謂。

但喝了我的酒又不讓我喝，就衝著這一點我決定等一下就殺了他。

「猜啊，繼續。」他扔掉酒瓶。

「我猜不到。」

然後又是一腳踢過來，我的臉有種瞬間炸掉的劇痛感。

是啊，誰會想殺我？每一個被我殺掉的人都有殺掉我的理由，但他們又都確實下了地獄或飛到天堂，我可是見鬼了從未失手。

我一邊將快令我無法呼吸的濃鹹鼻血用力噴出鼻孔，一邊隨便回想我這短暫的人生到底招惹過誰。很快就湧出一大堆新答案。

「鬼子？她看我不爽很久了。」我冷笑：「她大概覺得用我常常殺死別人的方法反過來殺死我，非常有諷刺性吧，那個臭三八賤女人。」

「不是喔！」同行又旋開了一瓶啤酒，笑笑：「開始動腦了喔前輩，繼續。」

這次他還是一腳踢了過來。大概是我開始認眞回答問題，他這一腳只是象徵性輕輕戳了我斷掉的鼻子一下就收回去，意思意思滿足雇主設定的條件而已。

「劉錚哥？」我狐疑：「就只有劉錚哥跟鬼子知道我的行蹤，不是鬼子，肯定就是劉錚哥了……」此時我抬頭看了那位同行的年輕人一眼，笑了出來：「不，不是劉錚哥。」

「喔？」

「劉錚哥沒有殺我的動機，不過從你聽到劉錚哥的表情看來，你認識劉錚哥沒錯，也就是說，大概是雇主對我下了單，正好被劉錚哥給接到，基於生意就是生意的硬道理，劉錚哥還是下給了某個殺手要他處理我，哈哈哈哈鬼子說有個在台灣的單了可能要請我順便殺一下，肯定就是這張單了，不過她沒說的是，單子上面的目標，就是我。今天我死，鬼子跟劉錚哥都有一份。」

「要你猜的是雇主，你猜經紀人做什麼？哈哈哈來，這一腳還是要給你。」

那同行這一腳踹向我的肚子，揍得我差點在床上吐了出來。

「沒錯，我的經紀人也是劉錚哥，我的年紀比你小，但說起來我算是你的前輩。劉錚哥特別交代我，如果你死前猜出他有份，要我一定要跟你說聲……算了吧，你也公事公辦宰了那麼多人，當然也會輪到你被公事公辦的一天，所以我們之間就省下對不起了，對了，如果你竟然能僥倖不死，我劉錚哥還是會繼續跟你合作下去。講完。」這位同行仔細複述完劉錚哥的話，聳聳肩。

「我當然是不會怪他。」我對那樣的想法完全嗤之以鼻。

不過這位年輕的同行嘲弄地說：「如果你今天僥倖不死，那就代表我死定了。放心吧我不會讓這種事發生的，接下來你儘管集中精神猜雇主是誰吧。」

「米老鼠？」我噗哧。

「認眞點啊前輩！」他一腳招呼過來，好痛。

「見鬼了……泰緬邊境的黑幫？」我勉強擠出這個答案。

「錯！」一腳踢過來，我的下顎好像給踢飛了。

「緬甸軍閥？」我連自己都不信。

「哈！錯！」又是一腳，踢得我眼冒金星。

「北韓的垃圾？」我越想越遠。

「錯！」這沉重的一腳讓我胸口翻騰不已。

到這裡，我已經非常肯定我不可能知道是誰買了我的人頭。

十之八九那個雇主所買的人頭，應該是「上一世的我」的人頭吧。

到底「上一世的我」跟誰結過樑子跟誰上過床我是一點印象也沒有，不過他造的業由我來擔我可是一點沒有抱怨的意思，反正我對現在的自己唯一的遺憾，就只有那一卷來不及寄出的搖滾錄音帶而已……這樣好像也不錯？

一個只差一步就能成真的搖滾夢，一卷充滿傳奇色彩的未發表搖滾錄音帶，一個……

「夠了。」

從手機即時轉接出來的電視螢幕上，同步出現了神色不耐煩的雇主身影。

雇主說的並不是華語，而是一種帶有某村落特有口音的柬埔寨方言。

是跳跳。

臉上帶著一條刀疤的，妓女跳跳。

32

「啊？」我太震驚了。

廢話我當然知道電視機裡的跳跳不是鬼，而是人。

但光跳跳是人這一點就足夠令我吃驚了。她不僅沒有去見鬼，而且還花錢買了殺手找到了我，要我今晚就去見鬼。眞的是見鬼了見鬼了。

「火魚哥，好久不見。」

跳跳拿著菸的那隻手跟她的聲音一樣，全都顫抖不已。

「好久不見啦……妳叫什麼？啊，妳叫妙妙？還是笑笑？不……跳跳？對對對，跳跳！應該是叫這個名字吧跳跳。」不知爲何，我大大鬆了一口氣：「原來妳這婊子沒死啊？妳哪來這麼大的本事從那些機關槍底下活過來？」

「現在是我花錢來問你問題。」跳跳的眼睛裡充滿了冰冷。

不知道是不是電視機畫質太粗糙的關係，我感覺到好久不見的跳跳蒼老了好多。橫過她臉上的刀疤，顏色也顯得更深沉黯淡了。

除了歲月，還有別的東西消磨著這一年多來的她。

「你過得好嗎？」跳跳的聲音聽起來既熟悉又陌生。

重要的是，她這麼問，肯定是不想我過得很好。

「我過得他媽的爽透囉。」我盡量大聲地笑：「哈哈哈哈哈！」

年輕的同行知趣地坐在電視邊，淡淡地當一個隨時提供拳腳的局外人。

跳跳吸了一口菸，緩緩又重重地吐了出來。

像是要開口，卻又猶豫地在眉頭踩了煞車，於是再吸了一口菸。

我可以理解，她想藉著重複這個單調的動作，去遠離她想像中的，我跟她的關係。

古怪的是，即使隔著電視我還是可以聞到她身上的味道。

一種只有在剛剛做愛完才能從耳邊聞到的，屬於她的味道。

「爲什麼？」她還是得開口。

「什麼爲什麼？」我慵懶地看著她嘴角的煙霧。

她假裝笑了。

「爲什麼你要離開我們姊妹？」

「妳會不會太健忘了。」我不屑地說：「我整天都在說想走。」

「你要離開，爲什麼不帶我走？如果不帶我走，爲什麼臨走前不跟我說一聲？」

跳跳的語氣沒有顫抖，臉上的肌肉也沒有任何牽動，可見她這一番話暗自練習了很多遍。

也許數百上千遍。

不管那一夜她是爲什麼能僥倖活下去，她都很堅強地應付過來了，我不意外。

她是跳跳。跳跳有跳跳自己的離奇故事。

但眞正讓我驚訝的是，她所問我的這個問題。

「妳不問我，既然我要走，爲什麼不輕輕鬆鬆地走，偏偏還要多此一舉殺了那白痴將軍，惹得妳們姊妹全部被那些垃圾宰光？」我倒是很好奇：「而是問我爲什麼不說一聲就走？」

「省省吧火魚哥，你整天這個也懶那個也懶，連打砲都喜歡我在上面搖，你根本不是去刺殺將軍的那塊料。」跳跳冷笑，迫不及待地嘲笑她對我的深刻了解：「我一秒鐘都沒有懷疑，這一切只是悲哀的巧合。」

「是嗎，哈哈。」我這次是眞的笑出來了。

的確是啊，這些命運乖違的妓女，早已習慣了被命運惡形惡狀的吞噬，不管命運再如何離奇詭譎地撲向她們，她們雖懂得害怕，卻早已接受了厄運裡的一切理所當然。

「但你要走，爲什麼不帶著我？」跳跳臉色冷冰。

我笑啦。

原來這就是女人啊。百分之九十九由做愛所需要的構造所組成，其餘的百分之一絕對是累贅設計，用來自我煩擾與困惑男人。這一世的我明白了，不曉得上一世的我明不明白過。

「走就走了，哪有什麼爲什麼？」我笑著反駁：「我還睡著妳的時候，我有說過走的時候要把妳當行李箱帶走這樣的話嗎？我承諾過妳這隻雞什麼啦？」

跳跳沉默了。

這個沉默不曉得是不是同樣是練習很久後的佳作。

過了很久，大約十多分鐘吧，跳跳還是一句話也沒有說。

慢慢我才感覺到，她的沉默是不得不獻給我的，屬於她自以爲是也屬於我的記憶。在跳跳的虛構裡，屬於我的那一部分，恐怕有太多太多的她自行完成的拼圖。

關於過去的，關於未來的。關於兩個人的未來的。

「你嫌棄我的臉？」

「我從沒假裝那條刀疤好看。」

「你嫌棄我的工作？」

「我齷齪，不代表就匹配了妳的下賤。」

「你不喜歡我？」

「我喜歡，跟妳做愛。我也喜歡跟藍姊做愛，我也喜歡跟阿水小冰桃子任姨雪雪小笨蛋波娃大奶寶肥妹娃娃阿水阿貞阿銀阿露做愛。」

「你阿水說了兩次，你到底有多喜歡跟阿水做愛！」跳跳大叫。

我轉頭看向那年輕的同行，用華語說：「喂，我想你又該踢我一下了。」年輕的同行正在喝我買來的第五瓶啤酒，他笑了笑，看向電視畫面裡的雇主，跳跳大叫著我想這位同行想必也聽不懂的柬埔寨方言，但我還是又挨了一腳。讓我差點翻下床的重重一腳。

「現在妳還想知道什麼？」我舔了舔不斷流下的鼻血。

「你一聲不響地走，我會殺你。但我會自己拿刀，拿刀，拿炸藥去殺你，因爲那是我跟你之間的事。」跳跳的臉色從屈辱的漲紅轉成殘酷的冷白，說：「我可以失敗，我可以死。但今天不行。」

「所以妳是爲了妳的姊妹？」我不得不笑，否則我沒把握我臉上是什麼表情。

「如果屠殺只是巧合，你爲什麼不幫我們姊妹報仇？」跳跳壓低聲音。

如果不刻意輕描淡寫地問我，那話裡飽滿的恨意絕對足夠吼破我的耳膜吧。

「因爲我根本就不在意啊哈哈哈哈哈。」我用力大笑：「跳跳！妳明明就那麼了解我，怎麼會假裝不知道答案啊！哈哈哈哈哈我還很慶幸那個膽大包天的殺手搞出奇怪的巧合，讓我的肩膀從此輕鬆得不得了啊哈哈哈哈哈！還有那些什麼都搞錯了的白痴黑幫，我也一併感謝他們呢哈哈哈哈哈！」

大笑的時候，我沒注意到跳跳的表情。

因為我笑得前俯後仰，笑得無法看她。

「最後一個問題。」

喔，這麼快就到了最後一個問題了嗎？眞可惜。

這可是跳跳跟我久別重逢的約會呢。

跳跳的聲音變得非常非常的細：「如果時光可以倒流，你會做出一樣的決定嗎？」

「不會。」

「……」

我滿不在乎地看著天花板：「我會親自殺了妳們全部，這樣妳滿意了吧。」

跳跳的表情我還是不知道。

我完全不在意。一點都不在乎。

或許是電視畫面裡的跳跳做了一個手勢或什麼暗號吧，年輕的同行放下不該屬於他的我的第五瓶空啤酒，慢條斯理站了起來。

我眞好奇跳跳下令賞給我的最後一擊長什麼樣子。

這同行從容不迫地走向我，雙手微微打開，手指關節啪啪作響，依照我貧弱的想像，這個小老弟大概是想溫柔地捧著我的腦袋，然後瞬間將它旋轉到永遠也無法回復的狀態。猶如那一段夜夜睡在不同女人奶子上的歲月。

雖然這絕對不是我死前最後的畫面，我還是專注地看著那雙手。

「為什麼你要說謊？」跳跳忽然開口。

那雙手稍微停頓。

「我不只說謊。」

我淡淡地說：「我還會讓妳覺得妳自己是一個大白痴。」

說完，我從床上彈起來，一拳不偏不倚打中這位年輕同行的下顎。

他短暫失去意識的這一秒裡，我用手肘重擊他的心口，再一掌劈向他的鼻下人中。雖然無法致死，我想這三下還是大幅縮短了我跟他之間的年齡差距。

此後的半分鐘裡，我們陷入了極為拙劣的扭打。不管那個小伙子平常的酒量有多好，他實在不該在短時間裡喝掉那五瓶啤酒的。這令他最後丟了性命。

我站起來的時候，地上濕淋淋的一片。我將碎裂的半截酒瓶扔在床上。

是的剛剛我自背後解開了手銬。

不需迴紋針，不需牙籤，不需變形的銅片，只用到了我自行折斷的半截拇指指甲。

老實說在此之前我並不知道我有這一個見鬼了的才能，這肯定也是「上一世的我」留給「這一世的我」寶貴的遺產。更重要的是，其實這爛鎖從我一被扔在床上不久就默默解開了，所有的問答凌虐都只是我自娛娛人的隨意配合過程。

我看著電視機畫面裡的跳跳。

她也看著我。

我想嘲弄她的計畫，但我無法停止打鬥過後的喘氣。

毫無疑問她正在跟我一樣的飯店。究竟是哪一個樓層，哪一個房間，我甚至不需要猜測。

我知道，跳跳就在我的隔壁房。就在電視機的後面那間房。

說是出於我的直覺也行。說是出於我剛剛將這個年輕同行用力摔向牆壁的時候，碰巧聽見電視機傳來的即時迴音，也行。我知道跳跳就在隔壁。

這會是跳跳短暫的人生中所犯的最後一個錯。

跳跳沒有逃走，電視機裡的她只是冷冷地看著我。瞪著我。

她臉上的那一條刀疤，好像正透過她那充滿怨毒的眼神，刻進我的心裡。

我拒絕。

休想。少來了。

我假裝剛剛的打鬥還很喘，喘得我漸漸無法抬頭。

「火魚哥，我詛咒你長命百歲。」

33

那晚我走去隔壁房間宰了跳跳嗎？

嗯。換個問題好了。

如果你掉了一塊錢在馬桶裡，你會把它撈起來嗎？

不會。

因爲一塊錢太不重要，而爲此洗手則太麻煩了。

我喘成那樣，當然沒有伸手進馬桶把那一塊錢銅板撈起來。

其餘也沒有什麼好峰迴路轉的。

我回到了南韓，第一站就去了劉錚哥的咖啡餐車。

我沒有帶著槍去，因爲用不著。

他的餐車還在，老婆有在，理所當然地都在。

臉皮很厚的劉錚哥幫我點了招牌起司蛋糕，還有一杯不怎麼樣的咖啡。

「你活下來了。」劉錚哥一點也沒有感到不好意思：「簡直跟詩一樣。」

跟詩一樣是什麼意思，我不知道。

如果眞的像一首詩，也是一首爛詩。

「我無所謂。」我切著蛋糕，蹺著腿。

「殺手不是徵信社，通常我們不搞偵探的事。只是這次雇主給的資料，我不需要請鬼子調查就知道她要找的人是你……」劉錚哥笑著說，只差沒有比手畫腳：「你說有沒有這麼巧？」

「我說我無所謂。」我是說眞的，我眞的無所謂。然後咖啡一飲而盡。

劉錚哥遞給我一個紙袋。

「很好，那我們就繼續公事公辦下去。」

那裡面裝了誰的照片，我無所謂。

是土豪劣紳抑或是販夫走卒，我無所謂。

在哪裡殺他，我無所謂。

什麼方法什麼時候什麼特殊要求，我都無所謂。

我只要可以把槍裡的子彈都射出去就行了。

我想機會不只是留給準備好的人，還是留給眞正渴望機會的人。從那一天起我決定自己找自己的麻煩，每一次，每一次我都盡其所能地招惹不該陪葬的人。

如果能遇到剛好巡邏路過的警察就更好了，縱使沒有一次令我感到威脅。可以可以，我當然可以承認我喜歡看著那堆無辜的人被捲進別人的悲慘命運裡，彷彿我跟我的子彈所製造出來的不公平越多，就越能夠稍微平衡一下這個世界的另一個不正常的極端美好似的。畢竟那種美好多不眞實啊，所謂平凡快樂的人實在不該存在的不是嗎？

那太不合理了，接近虛構，虛假。我得一槍一槍把他們從我眼前擊碎！

好了，哈哈哈哈哈哈哈哈，終於可以回到我說故事的起點了。

還記得吧，我正坐在首爾一間百貨公司挨著大片落地窗的咖啡店，一邊用手指敲著早已喝完的咖啡，一邊欣賞那群警察跟醫療人員爲我的傑作忙進忙出。他們所做的一切都是徒勞無功哈哈。

現在的我已經幹了三年又三個月的殺手，「火魚」這個代號成爲江湖上令人聞風喪膽的名字。只要我的手上有兩把槍，以及無限多的子彈，我有自信能大搖大擺到任何一個地方幹掉任何目標——這也是江湖上對我的評價。

我好像漸漸披上了傳奇的色彩。

是吧？像我這種高手，當然有很強大的殺人需求！

劉鏵哥那種貨色的經紀人能接到的案子始終無法滿足我，所以他推薦了另外三個經紀人幫我接單，一個是香港的「火柴頭」，一個是日本的「船井先生」，一個則是台灣的「煙斗太太」。

有了這三個經紀人一起下單，我在亞洲到處飛來飛去，四處開槍，十分過癮，有時候我覺得兩隻手眞是不夠用，如果我有三隻手或四隻手就更好了，那樣我就可以一口氣拿更多把槍跟更多人對幹。

偶爾我玩得太兇把自己逼入險境，我也覺得十分好玩，反正最後還不是化險爲夷。只是跟我配合的鬼子都是固定那一個臭三八，那些經紀人都說，難得那個鬼子可以忍受我，叫我不妨也繼續忍耐那個賤女人吧。呸。

時間是所有人的敵人。

不知道是不是職業倦怠，我漸漸覺得光是解決目標跟拉路人下水有點無聊，畢竟目標在明，我在暗，一切都太容易。相反的我更期待同樣躲在暗處的跳跳。

那一晚我懶得殺掉的跳跳，從沒有放棄幫她一堆刀疤姊妹報仇的心願。

這實在是太棒了太好笑了。

當過妓女的女人很難再靠別的方法賺錢，跳跳肯定還是在賣，她臉上那條疤肯定讓她賣得很差。我這麼難殺，要殺我可不便宜，大概每隔好幾個月跳跳那個醜女才能存夠錢買新的殺手試著把我幹掉。

但眞是抱歉啊跳跳，或許是我的第六感越來越敏銳，又或許是一分錢一分貨，跳跳能請得起的殺手實在不夠看，每次在對我動手之前，都被我早一步發覺不對，一場敵暗我明的暗殺往往演變成瞬間的對決。

跳跳買了四個越來越差勁的殺手想殺我四次，當然我四次都活了下來。

或許是應驗了跳跳那晚的詛咒也說不定。

而她對我的恨，也是綿綿無期吧。

34

今天下午我又去了一趟台灣。

不是殺人，而是去試著殺人。

至於試著殺誰，哈我還能試著殺誰，當然是試著殺掉那個聽了我太多嘮叨的心理醫生。其實呢這件事我已經試了很多遍了，但一直都恍恍惚惚無法成功，說起來眞是又丟臉又好笑。

一開始我只是藉著出任務的機會到台灣，順便去那間私人精神科診所掛號，跟他說說話，領教他敷衍病人的特殊說話技巧，就當作是一種隨性的紓壓。

到後來我聊上癮了，還會專程飛去「看病」。反正無論如何我都會殺他，不妨在殺他之前佔點便宜。但每次我都是莫名其妙走出診間時才又想起來剛剛忘了朝他身上扣扳機，當眞是詭異到了極點。

「所以你今天還是想殺我。」

那心理醫生還是一派溫文儒雅，爲我倒了熱呼呼的花茶，爲自己也倒了一杯。

「盡力而爲啦哈哈。」我躺在大張沙發上，把玩著最新上手的這兩把槍：「不管怎樣，你都得好好先治療我才行啊醫生，你們有一句話是這麼說的是吧？做一天和尚撞一天鐘。」

醫生微笑喝茶，看來不是置生死於度外了，而是根本不相信我會斃了他。

眞是天眞。

「最近有什麼煩惱呢？」醫生慢慢放下茶杯。

「一樣有職業倦怠，殺人眞的是越來越無趣了。」

「那張音樂Demo帶的進度呢？」

「忙著殺人啊，所以暫時只錄了七首。還差三首我就會寄到唱片公司了。」我壓根就不想聊我的搖滾夢了，實際上我只錄了四首，沒有進度的夢想讓我心煩意亂：「不提這個了，反正那也不關你的事。」

醫生笑了，識趣地換了話題。

「還是不斷夢到你那把紫色的吉他嗎？」

「是啊，還是常常夢到那把我來不及帶走的吉他，不過它哪是紫色的？我上次是這麼說的？不不不，不可能是紫色，我很討厭紫色，那根本就是很娘砲的顏色好嗎哈哈哈哈哈！」我盡可能誇張地大笑。

見鬼了我上次眞的說那把吉他是紫色？還是……那把吉他眞的是紫色？

「還是你想再聊聊你胸口上的刺青？」醫生總是裝出一副深感興趣的嘴臉。

「那有什麼好聊的？我連它是怎麼刺上去的我都沒印象啦！總之就是……」

每次我來這間私人精神科診所，都會舒舒服服地說起了那一段泰緬邊境的荒唐歲月，有時我高興，就會說得比較完整詳細，有時我只是純粹想來殺一下醫生，於是我就隨便挑些支離破碎的記憶講。

每次的大主題都不明，但副標依舊是：「搶劫、殺人、酒吧、幫派、妓女，以及其他」。

話說那段說長不長說短不短的時光裡，每天晚上我都在做愛，不斷不斷不斷地跟不同又相同的女人們做愛，在又濕又熱的床上我聽了無數我絲毫不感興趣的可憐女人的故事，在酒吧裡一次又一次盤算著要怎麼登台演唱的心理折衝，而那些心理折衝都是屁。

我不知道我為什麼老是忽略歐洲那段靠偷竊維生的日子，也不是很喜歡提我剛到泰國時幫毒販跑腿的混沌時光，而非要從泰緬邊境這一段開始說起不可。

是因為我不屑當小偷的日子嗎？是因為我厭惡販毒嗎？我想不是。應該不是吧。我不知道我為什麼要重複不停地說這一段窩在女人奶子裡睡覺的故事，樂此不疲，大概是每個男人都想炫耀自己可以跟很多女人做愛的關係。

當然了，我每次結尾，都結束在幸好那群妓女被扔到大街上殺光光，我才能夠毫無負擔地離開那個亂七八糟的鬼地方。每次講到那一段的時候我都心懷感激，我得費很大力氣才能阻止我自己雙手合十謝天。

「這個故事我拼拼湊湊聽了很多遍了，但我有一個小小的問題。」

醫生用手指捏著一塊方糖，將它慢慢浸在兀自冒著蒸氣的黑咖啡裡。

嗯？醫生不是跟我一樣喝茶嗎……什麼時候自己倒了一杯熱咖啡？

「關於我那張還沒錄好的搖滾Demo帶嗎？我不在乎了眞的。」大字形躺在沙發上，我用槍胡亂頂著自己的心窩：「眞正的搖滾，在這裡。在這裡就行了。唱不唱出去都無所謂，我自己知道我是個搖滾歌手就可以了。」

「喔不是，我們前前後後討論過才能跟搖滾的事情好幾次了。」醫生兩手一攤，笑著說：「我想我是無法說服你在現場拿起麥克風唱給任何一個人聽的，這方面我算是一敗塗地呢，絕不收費。」

「很有自知之明嘛哈哈。」

「我的問題，其實更簡單。」

「請說。」

我搖搖晃晃拿起槍，對著醫生後面的書櫃假裝扣扳機：「咻——砰！」

「你那麼強，爲什麼你不花一點點時間，回去殺了那些黑幫呢？」

「見鬼了我爲什麼要去殺那些黑幫，有人付我錢嗎？我感謝他們都來不及了！」

「聽你老是把自己說得那麼厲害，你肯定不是害怕黑幫吧。」

「我怕黑幫個屁！我原本就打算把他們通通抄了，只是他們搶先一步而已。」我無可奈何地大聲嘆氣：「可惜啊可惜，他們幹掉了那些妓女，我反而沒有把他們幹掉的理由不是嗎？」

「所以你是害怕報仇吧。」醫生的身體微微前傾，手裡把玩著方糖。

「報仇？我跟黑幫之間沒有仇啊！」我啼笑皆非了我。

「你很害怕失去重要的東西，所以，只好假裝失去的東西一點都不重要吧。」醫生又捏了一顆方糖，輕輕沾著咖啡，一沾一沾的，最後才讓它整個沉下去：「這麼彆扭的個性，眞是辛苦你了。」

「什麼跟什麼啊？別以爲你是心理醫生，就想瞎掰我的內心世界。」我很不屑。

「你害怕報仇，是因爲你害怕你跟黑幫之間有仇恨。爲什麼你跟黑幫之間有仇恨，就是因爲你跟那些妓女之間有情義，而這一點卻是你最忌諱的。你拚了命就是不想承認你跟那些妓女之間有情有義，免得你太過傷心難過而崩潰，實在是彆扭到了極點。」

「這些都是心理學的教科書教你的嗎？」我嗤之以鼻。

「其實每一個人失去重要的東西，都會傷心難過的，而我們傷心難過，也是一種愛的表現，代表我們很在意那些逝去之物帶給我們的回憶，那是一種情感痕跡——」

「情感痕跡個什麼鬼啊？」我忍不住打斷醫生的連篇廢話。

醫生沒有生氣，只是朝那杯咖啡又丟下一塊方糖：「而你，你當然也會傷心難過，而且面對許多至親朋友的死亡還不是普通的傷心難過，你恐怕是傷心難過到了頂點，所以才會轉換成另一種極端的方式去逃避它。」

「啊？」

「不，不只是逃避，你是全面放棄面對自己。你乾脆欺騙自己一點也不在意，於是徹底忽略心裡的眞實感受，甚至在只有一個人的時候也拒絕誠實檢查自己的感覺。但金先生，你一直是一個內心溫柔的人，卻用這種殘酷的方式對待自己的情感痕跡，這其實是一種另類的懲罰啊。」

「懲罰？我在懲罰我自己？」

我眞的快笑死了，他根本是胡說八道啊：「我爲什麼要懲罰我自己啊？那些妓女會死難道是我的錯嗎？見鬼了我天天都在嚷嚷我要一走了之啊！坦白說，事後回想起來我眞的是太爽啦！那個時候的我根本沒有現在的我百分之一厲害，假如那天晚上我還傻呼呼待在鎭上，那些黑幫走狗想從那堆妓女窩裡把我抄出來搞不好還眞的會成功！你知道那些黑幫會怎麼先惡搞我才把我交給軍隊嗎？你知道泰緬邊境是什麼樣無法無天的地方嗎？我徹底逃過一劫啊我！」

我笑到差點跌下沙發。

「金先生，你有沒有想過，爲什麼你那麼害怕跟別人有親密的情感關係呢？」

「夠了。」我的耐性已經到達了極限：「誰會跟妓女有情有義啊？」

「在心理學上有很多針對你這種不敢與人建立親密關係的精神分析，不過我知道那些分析即使是正確的，你也照樣不屑。如果你不屑，那些分析也等同於垃圾。」醫生似笑非笑地說：「所以我省下解釋藥方成分的步驟，直接餵你吃特效藥怎麼樣？」

「特效藥？」我蹺起二郎腿。

「這樣吧金先生，在你的幻想世界裡，你是一個殺手，那麼你殺一個人的價碼是多少？」

醫生又捏了一顆方糖，輕輕地浸了半顆在咖啡裡。

見鬼了那咖啡還能喝嗎？等一下別說是給我的啊。

「你想做什麼？」我有點不自在。

「我看不如讓我聘請你，幫我殺了那些泰緬黑幫的惡棍吧，只要當年有份殺那些刀疤妓女的，通通殺光，一個也不留。既然是我聘雇你，你就不需要把幹掉黑幫當作是幫妓女報仇，而是公事公辦。銀貨兩訖，怎麼樣？」

「合約可以是這樣沒錯，但有一點恐怕無法通融。」我冷笑，拿起槍對準醫生：「死人是沒有辦法下單的。」

「……我同意。」醫生笑了，兩隻眼睛都瞇成了一條線：「不過湯匙是殺不了人的。」

我愣了一下。

那醫生說得有道理，我竟然拿著一把湯匙對著他。

「怎麼樣？成交了嗎？」醫生從咖啡裡拿出一顆方糖，將方糖放回糖盒裡。

這眞是玄了，他是在變魔術嗎？

那醫生如何從熱咖啡裡還原一顆已經溶解的方糖呢？還是我這次眞的見鬼了？

「……」我有點尷尬地放下湯匙，伸手掏槍。

怪了，我怎麼也摸不到我剛剛還在耍玩的雙槍，好像憑空消失一樣。

「怎麼？不敢接單嗎？」

醫生又從他的熱咖啡裡面取出完好無瑕的一塊又一塊的白色方糖，非常故意地慢動作放回糖盒裡，看得我目瞪口呆。

「我的槍呢？」我全身燥熱。

「有兩個問題。第一個問題，你是殺手，我是醫生，殺手找醫生拿槍，應該沒有這種道理吧。第二個問題，你是殺手，我是醫生，你找我拿回你的槍，好讓你殺了我。」醫生笑了出來：「你眞的是這個意思嗎？」

我霍然站起，緊緊握拳。

「就算我手上沒槍，要把你的頭扭下來還不綽綽有餘？」

「如果你願意接這個單，再回來找我吧。」醫生笑笑，喝著黑咖啡。

突然一陣怒火攻心，我大步向前，一伸手就扭住了——
一盞路燈。

我的右手，正抓著一盞路燈。
哪裡的路燈？
我環顧四周，這裡是台北西區最熱鬧的電影街區，而我正站在熙熙攘攘準備看電影的人群裡，怒氣騰騰抓著一盞路燈不放。
我面紅耳赤地放下手，隨即感覺到腰際之間的重量。我那兩把手槍一如往昔好端端地插在背後，好像從來沒有離開過。
爲什麼我會在這裡？
那張沙發呢？醫生呢？櫃檯護士呢？那間精神科診所呢？
我是怎麼從……那間精神科診所走到這裡的呢？
不，我是怎麼過來這裡的呢？
手錶的指針告訴我現在是九點三十七分，而我是預約了今天下午三點的看診，這麼大段時間我只是從精神科診所走到……或搭車……公車？捷運？還是搭計程車到這條電影街嗎？
電影街電影街電影街……電影街？我摸著口袋，還眞的從裡面掏出了兩張電影票。兩張都是被驗票員撕開過的電影票，眞善美戲院，入場時間是七點整，片子是一部一百二十分鐘的法國導演拍的藝術片。

兩張？我跟誰去看這部電影？我又眞的看了電影嗎？看電影之前我做了什麼？

我閉上眼睛努力回想，卻只看見一片漆黑。

忽然我打了一個嗝。

濃濃的起司香、醃黃瓜還有絞肉特有的氣味漲滿了我的嘴巴，舌頭感覺到小門牙跟犬齒之間卡了一點點生菜菜渣……麥當勞的大麥克漢堡無誤。

好吧今天晚餐我吃了麥當勞。見鬼了我又跟誰去吃大麥克了我。

我的腦中浮現出那精神科醫生招牌的敷衍笑容。

以及他不斷從還在冒煙的黑咖啡裡取出一顆接一顆完整方糖的畫面。

那畫面教我不寒而慄。

「我一定得殺了那個醫生。」

我光是在心裡自言自語這句話的時候，連舌頭都在顫抖。

恐怕，誤打誤撞……我已經找到了答案。

那一個令我記憶全面喪失的，罪魁禍首。

35

很遺憾我並沒有回到精神科診所，試著殺那一個莫名其妙的心理醫生。

他用來整我的手法，肯定是催眠的一種吧。

回想起來，每次在那診間裡都發生了小小的怪事，但我都不以爲意。其實那心理醫生一直默默向我展示了他控制時間……不，是控制我「意識裡的時間」的特殊手法。

那種手法，肯定也包括了隨時中斷我的時間感，亦即，切斷我的意識！

反常的是，那個心理醫生有無窮盡的時間可以殺了我，但他沒有。

他不僅讓我平平安安走出診間，看了我根本不會感興趣的電影，吃了我平常最愛點的漢堡，還讓我此時此刻呆佇在街頭回想他對我所做的一切。

恐怖。從來沒有這麼強烈的恐懼感襲上我的全身，我連腳趾尖都麻了。

我是什麼時候被催眠的？根本無跡可循。

……在他端花茶給我的時候？在他將第一顆方糖浸入咖啡的時候？他有做什麼特殊的手勢還是放了什麼音樂？還是在我一踏進診間的時候？還是我「第一次掛號」的時候我就被下了暗示直到現在？

如果無法解出這個謎題，不管回到這間診所幾次，我都無法殺掉那個醫生。撇開我是否殺得了他這種想法，要我回到那診所好好質問那醫生以前的我跟他之間到底發生過什麼事，爲什麼他要奪走我的記憶卻不殺了我，我更辦不到。

見鬼了我極度厭惡我要面對一個曾經認識「上一世的我」的人。我一秒都辦不到。這個世界上，不該有另一個人，比我還要了解我自己。當我一想到，打從我「第一次」踏進診間的那一刻，那個心理醫生就知道「我是誰」，那種感覺尖銳得戳進我的胃裡，讓我噁心想吐。

見鬼了爲什麼那個王八蛋要毀滅我以前的記憶！

爲什麼寧可毀滅我以前的記憶卻不乾脆殺了我？爲什麼當我因意外中的意外再次與他碰面，他卻任憑我一次又一次來找他鬼扯卻不點破什麼？在那個王八蛋的眼中我一定蠢得要命！他一定在心中瘋狂地嘲笑我！見鬼了見鬼了見鬼了我終於知道那個混帳爲什麼老是一副似笑非笑的怪表情，他根本就把我當作是一個任憑他操控的廉價玩具！

我馬上打電話給劉錚哥。

「劉錚哥，我想殺人。」我盡量冷靜，不讓聲音顫抖。

「看你的來電顯示不在南韓啊。你又跑去台灣了嗎？」

「我想殺人，立刻，馬上。我得清醒一下。」

「看你的狀態似乎不大妙啊。要不要回來找我聊聊？唉，這也是經紀人的工作。」

「……幫不上忙就算了。」

我果斷掛掉電話，轉打給我在台灣的經紀人煙斗太太。

「煙斗，我想殺人。」

「眞不巧，我剛剛一張單子下出去了，有機會我再跟你聯絡吧。」

「剛剛？一定還有別的單吧，誰都可以。」

「最近天下太平啊火魚。」

「那妳呢？妳有沒有正好想殺的人？」

「唉，你又怎麼了？別老是想這些打打殺殺的事，有時間不妨去找個——」

不等煙斗太太說完她的廢話我就掛掉電話。

然後日本的船井先生跟火柴頭那邊也沒有什麼殺人的需求，搞得我非常毛躁。

我去便利商店買了一堆啤酒坐在路邊喝，試著讓冰冷的酒精與氣泡沖淡我腦袋裡的糟糕物。

記得火柴頭跟我說過幾次，殺人畢竟是很不正常的事，有些殺手幹到後來精神也不太正常，有極少部分的殺手會慢慢退化成低級的連續殺人魔，然後從此崩潰。

我可不想變成那樣的渣。我是職業的。我是被需要的。我自己可一點也不需要靠殺人來解除我的煩惱。我只是想振作一下。我絕對不是殺人魔。

我是殺手。

儘管如此，我依舊沒有花費一秒鐘去思考我腦中唯一的單。見鬼了只有白痴才眞的會收下那個奪走我記憶的心理醫生的殺單，去幹掉那些我一點都不在乎的泰緬邊境的黑幫渣仔。我幹嘛讓他稱心如意我幹嘛讓他稱心如意我幹嘛讓他稱心如意我幹嘛讓他稱心如意我幹嘛讓他稱心如意我幹嘛讓他稱心如意我幹嘛讓他稱心如意我幹嘛讓他稱心如意我幹嘛讓他稱心如意我幹嘛讓他稱心如意我幹嘛讓他稱心如意我幹嘛讓他稱心如意我幹嘛讓他稱心如意我幹嘛讓他稱心如意？

當我的腳邊堆滿癟掉的啤酒罐後，微弱卻不斷累積的酒精終於暫時麻痺掉某種無法言喻的慾望，我移動搖搖欲墜的身體，招了一輛計程車回到旅館。

還沒進房，我的第六感就聞到了讓人興奮不已的氣味。

……很好，自己上門了。

36

跳跳總是不會讓我失望，在我最煩悶的時候提供了打靶的即時娛樂。

只是最近她找來的殺手的等級越來越低了，雖然我現在有些酒醉，但隔了一扇門就讓我發現的貨色能是什麼好手？犯不著小心翼翼，我大剌剌拔起背上的雙槍，隨意就將門推開。

果然又有一個嫩得要命的殺手在裡面等我。

我的槍當然指著他，還有……她。

「喔，沒想到這次妳也自己過來了呢。」我失笑，瞥眼坐在梳妝台前的跳跳。

前幾次跳跳都只是在附近等待，等待我在暗殺中倒下，**都沒有這次來得直接碰面**。難道這次她也想出一份力？

令我有點不解的是，那個看起來神色有點緊張的殺手手裡拿的槍，並沒有指著我，而是對著跳跳。

啊？對著跳跳？我沒搞錯吧？

「拿一個我不在乎的女人威脅我放下槍？是想笑死我嗎妙妙？」

我噗哧：「喔不，是跳跳。」

跳跳倒是對壓著她腦袋的那把槍並不以爲意，只是目不轉睛地看著我。

那個殺氣外露的殺手，也兩眼發直地瞪著我。

「……妳沒有跟我說，這個人會拿著槍。」跳跳雇來的這個殺手皺眉道。

雖然這個殺手故作鎮定，但額頭跟鼻子上已經冒出一粒粒汗珠。眞是好笑，跳跳竟然雇用這種不成氣候的殺手就想把我幹掉？我看根本就是路邊剛學會用槍的臭混混吧。

「臭三八，玩什麼花樣啊妳？」我打了一個酒嗝，慵懶地說：「在這種距離下，就算我喝得爛醉我都可以把他的頭轟爛。」

我當然不是胡說八道，更何況那支握在爛貨殺手手中的槍已經來不及對準我，失了先機，這種時間差根本就不可能扭轉，除非我的手抽筋了。

「不是暗算。」跳跳穿著俗豔的小禮服，臉上厚重的脂粉卻遮蓋不了她臉上難看的刀疤：「這個殺手，不是我雇來殺你的，是我雇來報復你的。」

「妳說什麼我聽不懂。」

「火魚，你愛我嗎？」跳跳的眼神跟以前都不一樣。

「不愛。」我倒是完全不介意吐槽。

「你愛，只是你不承認。」

跳跳慢慢流下我從來沒看過的眼淚：「所以，這是我唯一能夠報復你的方法了。」

她轉頭，看著她聘雇的殺手。

跳跳點點頭。

一瞬間我忽然全身僵硬，一股冷冽的寒意從我的腳底一路啃噬上來。

那殺手扣下扳機。

砰一聲，子彈好像直接穿過了我的腦袋，可卻是跳跳斜斜軟軟地滑下了椅子。

梳妝台上的鏡子濺滿了紅。

我呆呆地看著眼前這一幕，搭著扳機的兩根手指好像灌了生鉛，完全無法動彈。

「她只是雇用我，在心愛的男人面前殺了她。」

那滿臉大汗的殺手吐出一口大氣。

當那個殺手將他的槍插回腰際的時候，我輕而易舉就能殺了他。

當那個殺手跨過跳跳的屍體與我擦肩而過的時候，我輕而易舉就能殺了他。

當那個殺手戰戰兢兢將門打開的時候，我輕而易舉就能殺了他。

但我沒有。我都沒有。

因爲不重要。

在我想出我爲什麼全身僵硬不動之前，我只有暫時維持著手舉雙槍的姿勢。

雖然有個女人倒下，可我沒有低頭看那個倒在地上的女人一眼。

沒有。一眼都沒有。

我只覺得這個女人倒在我的房裡所以今晚我得快點找另一個地方睡覺。

但我沒有睡覺。我精神好得很，頂呱呱，於是我坐在床上看電視看到天亮。我不記得那天晚上我看的電視是什麼節目或什麼電影電視劇的，但肯定很煽情很悲劇，因爲我的眼淚一直一直一直流個不停。

離開房間的時候電視沒有關，因爲空氣悶熱所以我將外套隨意扔在地上。

雖然沒什麼食慾但我依舊到街角的早餐店吃了一個蛋餅一碗豆漿一根油條，看了一下桌上的報紙，連廣告欄都細讀過一遍後我就開始沿街散步。走著走著走到天黑的時候，我接到一通來自煙斗太太的電話，就跑去做我該做的事了。

三個小時後我又接到煙斗太太的來電，那時我才發現自己走在不曉得是哪裡的天橋上，冷風刮得我滿臉刺痛，褲子不知怎地都濕淋淋的很不舒服，還有一股很重的尿味。

「火魚，你是怎麼搞的？」

「什麼怎麼搞的？」

「我叫你下個禮拜三晚上在行天宮前面把南哥給處理掉，你剛剛就動手？」

「有什麼問題嗎？」

「別的先不說，最大的問題是你跑到人家堂口裡亂殺一通，結果就是把偷偷付錢的雇主也一起幹掉了。怎辦?拿不到尾款了，你可別向我要，還有——」

從那一天起，我漸漸想不起來不殺人的時候我到底都在做什麼。

「我無所謂。」

只記得眼淚常常無意識地流下來。

吃飯的時候，洗澡的時候，睡覺的時候。

我從不曉得我有那麼多愁善感，還是我的眼睛忽然犯了什麼急症，我想，最可能的還是那把我深愛的黑色吉他化成了滿腹牢騷的幽魂，從遙遠模糊的記憶裡追逼過來，勒索，敲詐，拐騙我沒有回到那破爛城鎮將它帶走的遺憾與痛苦。

沒有男人喜歡動不動就掉眼淚，我當然也很厭惡眼淚不斷流出來的古怪感覺。

後來我發現，只有在殺人的時候我才不會無端掉淚，於是我盡量不讓我的雙槍閒下來。我開始在大街上開槍。我開始在監視器底下開槍。我開始不介意聽到警笛聲的時候還繼續開槍。

我無所謂。

你問我是不是有自我毀滅的傾向?

這個答案我也無所謂，你高興怎麼加註就加註吧。我無所謂。漸漸的那一卷始終沒能錄完的搖滾試唱錄音帶，也變得無所謂。直到我的附屬戰利品，蟬堡，卡了一疊蒙塵的牛皮紙袋在門縫底下，我也，無所謂了。

或許我將某一個自己，留在台灣的那個飯店房間裡。
我走了，卻也沒有離開。

37

我有四個經紀人，但我收到的單子越來越少。

事實上我有兩個月都沒接到他們的電話。我竟然有一點點懷念鬼子挖苦我的尖酸刻薄。我知道爲什麼，他們都開始害怕我。害怕我越來越瘋狂的子彈一顆接一顆穿越了職業道德的界線，射入那些殺人魔肆虐的精神異常世界。

我無所謂。

最近我也提不起勁殺人了。

有時候我看著鏡子裡的自己也覺得很陌生，鏡子裡的男人像具屍體，他唯一的功能就是製造更多的屍體，而這個功能他也漸漸不敢興趣了。唯一確認我還活著的證據，就是在胸口隱隱起伏的那條拚命燃燒的金魚。

今天的雨很大。風更大。

在我看來那其實已經不是颱風了，而是一頭失控的怪獸。

明明是白天，天空卻污濁混沌，好像這城市所有的醜陋邪惡都在天頂聚集起來彼此較量彼此的憤怒。黑壓壓的呼嘯聲讓萬物都喘不過氣，滂沱的雨水扛不住歇斯底里的風勢，被狠狠地摔過來又潑過去。

這糟糕的天氣很適合糟糕的我。

我在這天旋地轉的城市裡慢慢前進。脫離地心引力挾持的雨水撲面射來，一顆顆像子彈一樣射進我的皮膚裡，打穿底下的血管。沿路都是倒下的行道樹，吹落的招牌與燈管，在地上打滾的溢滿垃圾的塑膠桶。

當我發現自己越來越接近那間我完全不想再接近一次的精神科診所的時候，我心裡一點也不感到驚訝，事實上我遺失這種相似的情緒很久了。倒是我的胃還在，它又開始翻滾刺痛，逼我別再前進一步。

我停下，見鬼了我還是停下來了。

「……不要再前進了吧。」我緊抓著肚子，五指幾乎要掐進去。

依稀我聽見了詛咒的聲音。

於是我抬起頭，用快被我遺失了的憤怒眼神回敬所有人都懼怕的天頂之頂。

在那裡，回應我的是一個快速墜落的小小黑點。

那一瞬間天空亮了。

天空它整個亮了，亮到連時間之神都無法直視。

狂風戛然驟止，聲音也消失了，整個撲打過來的水珠都被迫在眾生的視線中凝結，在我無法移動的視線中存在的莫名黑點也於墜落的半空中硬生生鎖住。

唯有強烈的白光崩落了時間之殼，在巨大的沉默中漲滿了億兆顆懸浮在半空中的雨滴，漲滿漲滿漲滿——強光不斷在每一顆雨滴中漲滿漲滿漲滿——直到水的結構再不能支撐它的激情亮度，才在一聲霹靂巨響中破裂開來。

轟！

雷電劈落，雨滴碎裂。時間重新計算。

我視線中那一個黑色的物體繼續它的高空墜落，墜落，墜落到底下一台凱迪拉克轎車上，然後發出肉塊與金屬激烈碰撞的爆裂。

長鳴的車笛聲在暴雨中依舊刺耳，那是命運的聲音。

命運的聲音喚醒我重新移動腳步。

移動到，那一個可以讓我改變命運的地方。

38

我渾身濕透踏進那間精神科診所。

櫃檯無人，我逕自推開棲息著惡魔的診間。

精油香、達利的仿製畫、種滿植物的陽台、辦公桌、褐色沙發。

那醫生正躺在那張褐色沙發上看小說。

我舉起槍對著他，他看了我一眼，然後繼續看他的書。

沉甸甸充滿金屬質地的重量感，我認爲自己確實拿著手槍，而不是湯匙。

「你將泰緬邊境那些壞蛋都殺光了嗎？」醫生的視線還是在他的小說上。

「沒有。」我只消輕輕扣下扳機，就能在瞬間殺死他吧？

「還是很彆扭嗎？」醫生慢慢闔上小說，將它放在沙發的扶手邊。

「不是彆扭。」我咬牙。

「那就是彆扭了。」醫生嘆氣：「把湯匙放下。我今天眞是有點累了呢，什麼人都在這個時候找上我，看來這個颱風很不簡單，一口氣吹來了很多巧合。」

我怔住，然後將手中的……湯匙放下，疑神疑鬼地坐在沙發上。

是的是的是的我坐在一如往昔熟悉的大沙發上，左手拿著冰淇淋，右手拿著挖滿香草冰淇淋的湯匙。而那個醫生不知道什麼時候離開了這張沙發，在書櫃前面慢條斯理整理他的藏書。

頓時我心中更雪亮，或許在別的地方還有一點機會，但在這裡，在他的地盤上，他可以對所有事物爲所欲爲，包括戲耍我的性命。

正因爲如此，也反向證明了醫生對我的毫無敵意。

我放下那該死的冰淇淋。

「以前，很久很久以前，你對我的記憶動了什麼手腳吧。」我逼視他的眼睛。

「我炸掉了你的記憶。」醫生一副理所當然的表情。

「那種事情，你還能再做一次吧？」我忍耐著對他揮拳的衝動，因爲我辦不到。

「順序弄錯了吧。」

醫生的手指輕輕敲著桌面，我不確定那是不是一種暗示的指令，反正我無法分辨也無從抗拒：「你應該要先問我，很久很久以前我爲什麼要炸掉你的記憶才對吧？」

「那不重要。眞正重要的東西就永遠不會失去，會失去的東西一定不是重要的。」我倒是一點也不遺憾：「被你炸掉的記憶我也不想討回來。見鬼了我根本不認識上一世的我，也不想認識。」

「你的台詞一直沒有變呢火魚。」醫生看起來很疲倦，但還是露出了最低程度的微笑：

「這一次，又是什麼原因讓你回到這裡呢？」

「你不必管，照做就是了。」我不由自主加大了音量：「那是你欠我的！」

「我欠你的？」

「以前你為什麼炸掉我的記憶我就不計較了，只要你炸光我現在所有的記憶，我就當你什麼也沒對我做過！兩不相欠！」我閉上眼睛，慢慢地，慢慢地試著從我的背後重新拿出手槍。

雖然我可能還是拿出湯匙，但這是我唯一能夠施展的威嚇了。

然而，我看見我的雙手依舊拿著兩把湯匙。

「你對誰欠誰的定義非常古怪呢。」醫生從抽屜裡拿出一盒夾心餅乾。

「……我要怎麼做，你才肯炸掉我的記憶？」我緊緊握著湯匙。

「你討厭現在的記憶嗎？」

「這不關你的事，炸光它！」

「從你上次離開這裡到現在，中間發生了什麼事？」

「這不關你的事，告訴我我要怎麼做你才肯炸光我腦袋裡的所有東西！」

當我這麼大吼的時候，我感覺自己打了一個很長很長很長的嗝。

那醫生用憐憫的眼神打量著我，嘆氣：「嗯，原來是這麼回事。」

並非出於聰明或直覺，而是我滿臉淚水告訴了我。我知道那個醫生在剛剛不僅掠奪了我對時間的感覺，也同時在我的意識裡取得了我在這段時間裡的所有記憶，還僞造了我的悲傷。我知道那醫生有能力這麼做，也的確這麼做了。

我非常想殺了他，更後悔沒有能力這麼做的我爲什麼要回到這裡領教他的羞辱。

「心愛的女人沒有死本來是很開心的事，你也一直暗暗高興。但她卻雇用殺手在你的面前把自己給殺了？嗯，你當然可以當場報仇，不，應該說以你的程度你大可輕易在那個殺手開槍之前就殺了他，舉手之勞拯救你心愛的她。但你沒有，你眼睜睜看著他開槍把她的頭打爛，還假裝無動於衷看著他走。」醫生倒是毫無掩飾他卑鄙的偷竊行爲：「如果你的彆扭已經僵化到這種程度，我再一次將你的記憶炸掉也是徒勞無功啊。」

我瞪著這個對我強取豪奪的王八蛋。

在他面前我做什麼都無能爲力，偏偏我一拳揮過去，難保我不在街頭上醒來。

「改個性吧火魚，改個性吧。」

醫生將空掉的夾心餅乾盒子給壓扁，丟到腳邊的垃圾桶。

「炸掉，我的，記憶。」

我逐字逐字地說：「除此之外，你要什麼，我都給。」

「好啊，那你就去泰緬邊境把那些牛鬼蛇神都幹掉吧，對現在的你來說只是小菜一碟不是嗎？」醫生難以理解地看著我：「在那之後我包準你心情變好，大概也不需要我幫你把記憶處理掉。」

「我！現在！就要你炸掉我的腦袋啊！」我衝上前大吼：「現在就動手！」

我們之間的眼神對峙了很久，我想他肯定看出了我絕不妥協的堅定意志。

最後那醫生從檔案卷宗裡拿出一疊厚厚泛黃的信紙，慎重放在桌上。

不知道為什麼，那疊信紙上的字跡教我一陣暈眩。

「讀完它。」

「……誰寫的信？」

「一個曾經救過我性命的朋友，在臨死前寫給我的信。」

「我讀它要做什麼？」

「如果你不讀它，我就會命令你這麼做。」

沒有選擇的我只能拿起那疊信紙，坐回那張該死的沙發。

這一坐，就深深陷進了那疊信裡。

39

寫信的，是一個叫巫明宇的男人，很年輕，二十九歲。

這是一封寫給他自己的長信。

從小就是孤兒的巫明宇，在八歲那年就拜入神偷卓別的門下，卻是卓別六個徒弟裡最不成材的一個，十一歲在集體行動中犯了大錯，害師兄的手指被剁下，因此被卓別逐出師門。

無依無靠的他唯有繼續依靠偷竊維持生活，在一次偷偷潛入一戶富貴人家豪宅行竊時，被該戶人家的一個正在讀書的小孩子給撞見，那有錢人家的小孩了不以爲意，反而成了他人生中唯一的好朋友。

十三，一個不吉利的數字，讓巫明宇在十三歲的時候在一場意外中殺了兩個流氓，用的是酒瓶，還有其中一個流氓掏出來的蝴蝶刀。唯一的目擊證人就是他最好的朋友，那位好朋友當然沒有舉發他的意思，所以他並沒有因此被捕，而他也不打算因此感到內疚。他那嚇壞了的好朋友爲此想了很多，於是他拍拍那位好朋友的肩膀說了再見。

對於那次意外殺人，他無意將它當作回憶或惡夢，他很快就上手，並樂在其中，終於在十四歲生日那天收到人生第一封蟬堡。十六歲那年，他學會用槍。

在一次上海任務裡，在田子坊一間酒吧裡，他認識了人生中最愛的女人，一個甩著麥克風大唱英式搖滾的二十歲大姊姊，他愛上了她，愛上了搖滾，也愛上了她給他的搖滾夢想。

幾乎是他人生最開心的日子吧，他帶著心愛的女人到馬來西亞生活，過著隨性接單的輕鬆人生，並打算在華人眾多的檳城落地生根，在鬧區開一間只放搖滾樂的酒吧，慢慢金盆洗手。

或許是金盆洗手的日子近了，他的身手也鬆懈了，隔年他在一次看似簡單的任務中失手中槍，並連累了他的女人，令她被追殺而至的馬來人黑幫輪姦勒殺。

在華人教會的及時救助下，他逃過一劫，之後花了整整一年才令嚴重的傷勢復原。當他痊癒之後，只花了三天就將那些混帳馬來人給逼入絕境，爲了更快殺光那些仇家，他認爲兩隻手各拿一支槍會更有效率將子彈打在他們的身上，於是他拿起了火力強大的阿爾特巨蟒左輪手槍、以及沙漠之鷹手槍對馬來人幫派進行屠殺。那些馬來人在街上成堆的屍體也印證了他對雙槍的想法。

爲了提醒自己一定要冷酷絕情才能生存下去，他將一張黑白分明的臉刺在他的胸口上。從那天起他用「黑白無常」當作新的名字，表面的字義跟象徵的意義一樣殘酷。

江湖上都簡稱他「黑白」。

藉著一次遠程任務，黑白離開了馬來西亞那塊傷心地，到美國發展。

在美國待了兩年，黑白一邊殺人，一邊尋找機會想成爲一個搖滾歌手，但都只是腦袋想想嘴巴講講，黑白連在街頭唱首歌給路人聽都辦不到。搖滾歌手的路連一步都沒有跨出，黑白已用誇張的雙槍槍法在拉斯維加斯闖出了名氣，就連當地黑幫都給了他很高的評價。

不過給他很高評價的，不只是黑幫老大，還有黑幫老大的女人。

悲劇總是女人的事，黑白上了黑幫老大的女人，卻來不及帶她遠走高飛，女人就被一塊一塊留在那片紙醉金迷的沙漠。女人只是第一個祭品，黑幫派出瘋狗般的刺客追殺他，但那些刺客卻成了黑白練槍的活靶，到了後來事情已僵到不關女人的事，而是黑幫老大的面子問題。

於是一個叫Tommy Blue的王牌殺手出動了。

所向無敵的Tommy Blue跟黑白在紐約韓國街的對決，可說是一場瘋狂的悲劇，三十多個路人被流彈送進醫院，四個趕來的警察喪命，腦袋中彈的Tommy Blue被緊急送醫，苟延殘喘活了下來之後被送進監獄服刑，據說那顆沒能從腦袋裡挖出來的子彈最後讓Tommy Blue轉診到瘋人院。

留在紐約韓國街的黑白則成了傳說。一個瘋狂浪費子彈的傳說。

可惜黑白並不是一個稱職的瘋子，他一直被惡夢騷擾。自己死去的心愛女人，沒膽量接近的夢想，街頭的無辜慘狀，日日夜夜都折磨著黑白。黑白成爲一個酒鬼，酒精麻痺了他的雙手，到最後連槍都快要無法拿穩，遲早橫死街頭。

彷彿是命運之神賜予的最後機會，他在曼哈頓再度遇見了來紐約開學術研討會的老朋友，來自台灣，他唯一的，最好的，老朋友。

他的老朋友已成爲了一個才華洋溢的心理醫生，決心要拯救黑白的人生，他提議使用催眠的手法將黑白過往的記憶全數歸零，好讓黑白從痛苦的回憶地獄中解脫。

黑白同意了。

他寫下一封長信記錄自己亂七八糟的人生，作爲燒給即將消失的自己的冥紙。

黑白希望，在「下一個來生」裡，他能夠成爲一個不要讓別人痛苦的人。

40

我放下那疊冥紙。

不需要仔細思考或特別細密的推理能力，手中那疊冥紙所記錄的幽暗人生都透過指尖扎進了我的靈魂，告訴我「黑白」跟我之間的業障輪迴。

不再嬉皮笑臉的心理醫生看著我，那眼神彷彿來自無限遙遠的陌生過去。

「如果不是你，那天晚上死在暗巷裡的就不是那兩個流氓，而是我了。」

心理醫生沒有嘆氣，而是用很平靜的語氣陳述一個很平靜的句子：「你黑暗的人生，我有一份責任。」

「……」我不知道我用什麼樣的眼神看著眼前的醫生，一句話都說不出來。

醫生娓娓道來黑白與他之間的情誼。

當年年幼的他們在他家豪宅相遇後，黑白教衣食無缺的他偷竊的技術，以及另一個黑暗世界的殘酷生活，對他來說那簡直是一個充滿魔法的奇幻國度，他深深著迷。

此後他們一起偷竊，一起銷贓，一起計畫更大更複雜的竊案，他們發誓禍福與共，要成爲世界上最厲害的竊賊搭檔，有朝一日要聯手潛入法國羅浮宮偷走《蒙娜麗莎的微笑》。

當黑白爲了保護他走上極端的殺戮人生時，他卻膽小退卻了。他很愧疚自責，但孤單一個人活在蟬堡符號裡的黑白從沒有怪他，瀟灑一走了之，更讓他不知如何回報。

努力用功讀書考取醫學院的他原以爲他與黑白從此再無交集，卻在後來有了詭異魔幻的際遇，一個征服了蟬堡的黑暗怪物，傳授他極高深的「意念操控」，而「催眠」僅僅是「意念操控」太膚淺的一種簡稱。

他一度相信，黑白與他在曼哈頓的重逢絕非偶然，而是命運之神的善意安排，這些年他所學會的意念操控，一定可以重新啟動黑白的人生，讓他從零開始毫無負擔的新生命。

我無意識望向診間牆壁上的達利仿製畫《記憶的永恆》。

空曠的海灘，三個癱軟的時鐘，不知是否枯死的樹，一頭像馬又像鳥的怪物蜷縮在地上，畫中的一切看起來都很疲憊，彷彿在無限延長的時間裡完全鬆弛了原本的結構。時間死了，或只是永遠死在這幅畫裡。

醫生總算又笑了，聳聳肩。

彷彿他曾經告訴過也曾坐在這裡的黑白，那幅達利最知名的畫當然是眞跡，而原本應該好好在紐約現代藝術博物館展示的眞跡之所以出現在這裡，當然是他爲了有朝一日完成兩人聯手偷竊《蒙娜麗莎的微笑》前的單人演練之作。

或許永遠也沒有那所謂的有朝一日，但這醫生在戒備森嚴的紐約現代藝術博物館裡用他獨有的催眠技術動手行竊時，肯定是懷抱著奇怪的聯手夢想吧。

「所以……？」我失去了辨識自己表情的能力，只知道我的手指正敲著腦袋。

醫生沒有說話。他等著那話從我的嘴巴裡自己說出。

「黑白就是我……我就是黑白。」我不得不閉上眼睛。

「黑白不是你，你也不是黑白，但你們之間的聯繫讓彼此無法掙脫相似的命運。」

「聯繫……見鬼了能有什麼聯繫？」

「光是見鬼了這三個字的口頭禪，就是黑白跟你之間的聯繫。」

醫生有條不紊地解釋：「我履行了我對黑白的承諾，我毫不留情地炸光了他腦袋裡的所有人生，當然也炸掉了他對我的記憶。留下來的都是黏著在黑白身體裡根深蒂固的基本能力，那些跟回憶無關的事物反而是無論如何都挖不掉的東西，例如黑白本來就會的華語跟閩南語、以及後來學會的上海話、一點點馬來語跟生疏的韓語。卓別親自指點過，黑白當然會開鎖，各式各樣的鎖都難不倒他，他連打瞌睡的時候都可以將別人的皮包摸進自己的口袋裡。他喜歡看電影，每一部他看過的電影都如數家珍，最中意的就是異形系列。他熱愛搖滾樂，那些震耳欲聾的嘶吼全部都留在他的耳朵裡。諸如此類，全都變成他身體裡不可拆解的密碼。當然了，他殺人的能力也沒辦法拿走，只能祈禱他一直沒有機會發現。」

「只能祈禱……」

「為了徹底斷裂你們之間的聯繫，你花了一個禮拜寫這封埋葬自己的祭文同時，也把握時間做了一些防範措施。你殺了一些足以證明黑白存在的關鍵人物，包括你兩個倒楣的經紀人。你燒去護照等所有能證明身分的證件，還有一些醫療紀錄等。你說你想回馬來西亞殺一些人，但我不知道你最後有沒有來得及這麼做。」

「……來得及？可能來不及嗎？」

「我放在你腦中的記憶炸彈什麼時候會引爆，我自己也不知道，應該說我放記憶炸彈的技術還不夠精確吧。只知道依照我的經驗，你的記憶並不會在一兩個禮拜內忽然炸掉就是了。但最久不會超過三個月。」

「……」

「在那個並不穩定的記憶待爆期裡，你也對自己的身體做了合理的處理，比如你做了整形手術，雖然在我看來並不是太成功。你對身上的傷疤做了大費周章的美容、植皮跟雷射復原手術，當然無法百分之百消除太誇張的疤痕。你也找了原先幫你紋身的那一個女刺青師，她用延伸的覆蓋技術，將胸口的黑白臉改成了一隻甲蟲，總之不讓關於黑白的任何蛛絲馬跡留給下一世。」

「甲蟲？」我愕然：「什麼甲蟲？」

醫生打開抽屜，從裡頭拿出一支樣式陳舊的錄音筆，上面已插了耳機。

我接過，將耳機塞入耳中，按下播放。

41

顯然黑白刻意飛到了在他之前人生裡從未到過的泰國，在那裡等待重新輪迴的瞬間，因爲當下一世的他——也就是我，在清邁「忽然醒來」的時候，見鬼了我正在跟一個陌生女人做愛。

「我」糊里糊塗射精後，穿上褲子就想走，陌生女人追上去說著他聽不懂的語言，但肢體動作很明顯是想討錢，我悶不吭聲給了。

所以我對自己身分的第一個認識，是嫖客。

人生地不熟，不會說泰語、身上又沒有任何證件的我一開始非常慌亂，幸好口袋裡有不少泰銖夠我吃住一段時間。

第一次在鏡子前看到自己模樣，我感到徹底的陌生，這是一種很恐怖的感覺，就連胸口上的甲蟲刺青我也沒有任何印象。甲蟲就姑且當作我第一個名字。

我一邊花錢，一邊尋找我是誰的答案，結果當然是見鬼了什麼也沒有。錢花光後，我還是待在清邁，在一間華人投資的人妖夜店裡擔任服務生，服務生的薪水很低，不過我的主要收入來自我這雙無法自制的手。

我發現在人潮擁擠的夜店裡，總是不由自主將正在跳舞的客人皮夾裡的鈔票摸光，而且從無失手，這點讓我很訝異，我猜想自己過去肯定是一個慣竊吧？我不引以爲恥的心態更印證了這樣的猜想。

我沒有繼續當小偷，不是因爲丟臉，而是因爲我找到更有前途的差事。

在清邁有一個喜歡蒐集古董錶的老警察，他收賄慣了，退休後更名正言順帶了一群小弟成立新的黑幫，在清邁專門經營賭足球的地下盤口，生意興隆。年紀輕輕的我也被這個新幫派招兵買馬進去，我很能幹，什麼都幹，下手又狠，反正我誰也不認識嘛也沒什麼家人朋友，不怕得罪誰有什麼下場。

就這樣，新幫派沒什麼前輩，我很快就當到了副手，是幾十個小弟眼中的好大哥，前呼後擁叫我甲蟲哥甲蟲老大甲蟲爺的好不風光。在這段期間內我「學會」使用槍，還用得不錯，很快我就開始教身邊的一群小弟怎麼開槍比較有效率，但始終沒有人學會跟我一樣的雙槍技術。

有了錢，我反過來買下那間人妖夜店，並試著將它經營成搖滾酒吧，但始終沒有成功，因爲我不斷拒絕前來應徵的搖滾歌手。老實說我覺得那些歌手都太不搖滾了。想來想去不如我自己上去唱吧？畢竟我是眞的非常有搖滾才華的，只是欠缺了一點點機遇跟勇氣，還少了一個幫我彈吉他跟一個打鼓的樂手。沒關係我可以等，反正我就是老闆嘛！

老警察很喜歡我這個副手，不過他並不喜歡我跟他的女兒走得太近，他一心一意想將他唯一的女兒嫁給家世清白的好人家，這點我理智上同意，可所有人都看得出來我跟他的女兒打得火熱，看樣子我遲早成爲他的女婿。這點倒不在我的生涯規劃裡，我只是碰巧愛上了老大的女兒，跟飛黃騰達的慾望無關。我寧願她是一個妓女。

氣急敗壞的老警察只好設局，讓我在一場假黑吃黑的陷阱裡背負殺害同伴的惡名，好讓他有理由傾全幫之力幹掉我。中了局，即使心知肚明又能怎樣，我也只有逃亡的這條路。我只帶了最重要的行李，我的女人，老警察的女兒，還有兩把槍，搭上遠離清邁的火車。

一路上我的女人跟我說，不如我們離開泰國吧，她可以接受永遠不跟她爸爸見面的人生。我拒絕，總有一天我會回去的，我要去更大的城市，比如曼谷，找機會成立自己的幫派，證明自己可以獨當一面，等到能跟老警察平起平坐的時候，他就會知道女兒沒有跟錯人。

她一直哭，搞得我心煩意亂，我們有好幾天都沒說話。

女兒跟別人跑了，老警察氣壞了，當然更想要我的命。幫派裡二十多名小弟出籠追捕，卻對我這個前副幫主還是心懷友誼與義氣，於是大夥兒隨意開幾槍好對老警察有個交代。

可子彈不長眼，意外讓老警察的女兒死在反彈的流彈底下，見鬼了我當然很崩潰，明明知道心愛的女人死掉並不能責怪這些兄弟，我的身體依舊被盲目的仇恨給囚禁，一槍一槍殺了那群對我崇拜不已的兄弟。

我想清楚了，反正我就是一個煞星，乾脆就幹到底了，所以我回到清邁老巢將我所能買到的子彈都用光，令那個王八蛋老警察也死在我的槍下。

以前就替幫會雇用職業殺手的我，不混幫會了，現在自己也成了職業殺手。我當然是箇中好手，在一場受雇掩護銀行搶匪的特殊案子裡，宛如鬼神般在大街上幹掉二十多個前往攔截搶匪去路的警察，沒有死的，竟然也躲在警車上不敢下來。

那案子讓「甲蟲」這名字聲名大噪，當然也有人因此說我瘋了。

毫無疑問我當然是瘋了，瘋了，每次出任務都跟人賭命，賭到最後我都很懷疑我自己到底是想死呢還是想證明我死不了。見鬼了我痛恨這樣的感覺。

我恨自己那天晚上害死丟下一切什麼都不要只想跟我永遠在一起的女人，更恨我不顧一切將那些一心想放過我的好兄弟全給殺了。我是個沒人性的王八蛋。可他們並沒有變成厲鬼在半夜敲我房門追索我的性命，甚至也沒有出現在我夢中驚嚇我，更讓我內疚不已……他們連做鬼都不想跟我計較。我不配害死他們。

我之所以會在這裡錄下這段聲音，是因爲我又回到這裡了。

兜了一大圈，我竟然會因爲一個無比愚蠢的原因，陰錯陽差來到台灣，來到他開的診所。他看到我的時候嚇了一大跳，聽到我的際遇時他半天都說不出話來，那時我只覺得他被我手中的槍給嚇壞了，可當我發覺自己怎麼樣也殺不了他的時候，我更震驚。從此我每天都來這間診所試圖殺他，這幾乎成了我唯一的興趣。最後我玩膩了，將槍放在我的腦袋上面準備扣下扳機的時候，發現我連在他面前自殺都辦不到。

我很挫折，不過也因此發現了他對我施展的催眠魔法應該可以達成的進一步用法，我哀求他將我腦袋裡的所有記憶盡數歸零，讓我在某地重新開始一片空白的人生。

結果呢？

結果他讓我看了「上一世的我」，也就是「黑白」留下來的那疊冥紙。

哈哈哈我眞的是當場笑到眼淚都飆出來了，原來「上一世的我」也是個罪孽深重的壞蛋啊！我們在拖累別人人生上面的成就不相上下，就連毀掉自己人生的本事也是棋逢敵手。

醫生告訴我，我是他一輩子最好的朋友，他當然可以再幫我一次，只是要我務必考慮清楚——以這次經驗來看，他認爲我還會再一次回到記憶的原點，冥冥之中自有因果，而這個因果並無法透過催眠解除。

他建議我，只有解除因果，人生才能眞正開始。

見鬼了我聽不懂，打我知道有一種快速毀滅我過往人生的方法後，這種糟糕透頂的人生我連多背負一秒都辦不到。我跪在地上苦苦哀求這個自稱是我最好朋友的醫生面前，逼他馬上動手，在我的腦袋裡埋下那顆特效炸彈。

他同意了，唯一的要求就是要我錄下我這一世的回憶。

如果這是唯一的條件我只有接受是吧，反正我自己也不可能聽到了。

至於遺言嘛……我沒什麼好說的，我就是一個無話可說的貨色。

我沒資格對這種廢物人生發表意見，只希望腦袋裡的那顆炸彈徹底把我的一切炸成灰燼。

要說期待的話，嗯，就讓我投胎的時候可以多一點成爲搖滾歌手的運氣吧。

再見了，甲蟲，去死吧。

沒有人會想念你的。

42

錄音筆空轉，我拿下耳機。

這麼垃圾的人生比起黑白也不遑多讓。

「這個混蛋，就是上一個我對吧？」我呆呆看著天花板。

「不對。」醫生的語氣倒很平和：「應該說，不盡如此。」

「不盡如此？」

「你聽過喪屍這個殺手嗎？」

「聽我經紀人提過，只記得是個瘋子。」

「那個瘋子才是甲蟲的下一世。」醫生的聲音意外地充滿抱歉：「不過那算是我的劣作，所以我一察覺到喪屍就是甲蟲的時候，我就決定馬上飛到柬埔寨將他重開機。沒想到我機票才剛買好，他就因爲到台灣出任務，意外來到我的診所。」

「這也太湊巧了吧。」

「我感謝這個湊巧，所以他還不懂得開口我就動手修復這個劣作了。」

「不過爲什麼喪屍算是劣作？」

「在記憶炸彈爆炸前，甲蟲特地飛到柬埔寨生活，等待他的新人生。」醫生竟然給我吐舌頭，外加擠眉弄眼：「我一直不清楚那次的記憶炸彈出了什麼錯，是炸得太劇烈？還是炸得不夠深？我不知道。總之甲蟲被歸零後重生的某人，在短短三個月之內就成爲了殺手，還是一個瘋狗般的病態殺手，看看他叫喪屍就知道這個殺手有多沒格調了，他連一直想辦法幫他的經紀人都幹掉了。」

「他沒完全忘記自己的過去嗎？」

「忘記是忘記了，但就是不對勁，可能是甲蟲留下的陰影太過尖銳巨大吧，也可能是初醒後的某人遭遇到的事物太過離奇聳動，或是那些遭遇過於相似甲蟲經歷過的人生，某人才會這麼快重蹈覆轍甲蟲的結局，一個瘋狂殺手。」醫生的語氣頗爲無奈：「人的大腦世界很神秘，我也只是解開了一部分的謎團，對於喪屍的暴走我也無法提出合理的解釋。只能說，幸好我還有重新調整的機會。」

「……」

「喪屍被我歸零後，我讓他暫時成爲單純的行屍走肉，基本上就是過馬路不會被車子撞倒，吃東西曉得付錢，大小便自理，每天早睡早起就對了的無意識基本生存狀態，算是休養生息。休息了大概有三個月吧？最後我幫他買了一張前往南韓的機票後，再跟他一起搭機。一下飛機我就啟動他的重新甦醒，讓他迷迷糊糊在南韓展開新人生。」

「南韓？我是在威尼斯醒過來的啊！」

「喪屍的下一世，是一個叫番茄的雙槍殺手。」

有完沒完啊……我的胃又翻滾起來。

醫生拿出一疊充滿凌亂塗鴉的稿紙，不意外，那是番茄對其一生悲慘的自述。

43

用最不想複述的節奏來說，番茄醒來後懵懵懂懂當了大半年的快遞送貨小弟跟便利商店的店員，某次送貨到賭場卻遇上槍戰，他在地上撿到一把槍的瞬間就改變了他見鬼了的命運。在南韓當了職業殺手，叱吒風雲了好一陣子，其幾乎一片空白的神秘過去更增加他的魅力，被譽爲南韓十年來最強的雙槍槍手，沒有之一。番茄跟一個純情的女大學生談戀愛。女大學生最後死了，自述裡沒有提到原因，只畫了一張女大學生佈滿彈孔躺在地上的屍體，輪廓看起來像個西方白人。然後他又畫了另一個女人……另一個裝在紙箱裡的女人屍體，自述裡連他們之間的關係是什麼都沒著墨，但應該也是類似情侶的關係。這個女人的屍體被刺了字，一些不堪入目的髒話。番茄提到，南韓的殺手界在亞洲算是很特別的獨立存在，他們一直宣稱即使是公認最強的G也不是番茄的對手，所以那些經紀人聯合送番茄到台灣，想要他跟G一決雌雄證明南韓的殺手界素質之優秀。番茄因此到台灣發展了兩年多，就是沒能與G碰上一面，只是不停的殺殺殺殺殺，在這中間他只遇到過一個難纏的奇特高手，但他還是把他幹掉了，而且還確實殺了他兩次。番茄其實根本不在乎什麼第一不第一的，更精確來說在他的生命裡根本沒有什麼眞正重要的東西。

後面有很多頁的自述都是瘋狂的草寫跟無法理解的畸形構圖，除了一張將甲蟲改造成一條著火的金魚的變形圖案之外，我通通都看不懂，更害怕看懂，於是我將它扔在地上。

「他來找我做心理治療，連續做了好幾個月的時間，最後還是崩潰了。」

「所以他也要求把腦袋裡的記憶通通清掉？」

「番茄看起來很糟，我沒有選擇。」

「……他到底發生什麼事？」

「連續兩次眼睜睜看著心愛的女人死在自己面前，明明就有能力報仇，卻眞的不知道是誰下的手，只好假裝不在乎，但一接到雇主下單就趁機亂殺一通，暗暗祈禱總有一天能誤打誤撞把子彈打在仇家身上。是不是很悲哀？」

「哈。」我不確定我的表情是不是能配合我的乾笑。

「有時候精神失常其實是一種自以爲是的保護機制，假裝自己不在乎，是爲了避免自己意識到自己受到了很大的傷害。番茄一開始只是假裝自己精神失常，扮演一個瘋子，好讓周圍的人都怕他，到最後眞的沒有人能夠跟他好好說一兩句話時，番茄也就習慣在那個瘋狂的狀態裡，繼續扮演他的神經病。就跟甲蟲，就跟黑白都一樣，只是這種情況一代比一代都更嚴重。」

「我不知道他們是怎麼了，不過就我自己，我說，我自己……」我嚴肅地用手指用力挖著我的太陽穴，說：「我自己是眞的不在乎那些……那個……那把吉他了！我反正無所謂！正因爲我找不到可以在乎的東西，所以我通通都不要了！他們讓我噁心想吐到了極點，所以我要重新開始！」

「……火魚，你也一樣。」

「我不一樣！」我激動地反駁。

「聽好了火魚，我可以讓過去的記憶消失，但過去的記憶對個性所造成的影響卻不會一起消失不見，它會像無法完全復原的疤痕一樣留在原來的身體裡，變成個性的一部分。我們人因爲經歷了種種事件，造成了個性的改變，事件遺忘，但這些人事物對一個人個性的影響依舊潛移默化。」醫生用一種我不曉得是太過正經還是太過不正經的認眞語氣，說著很虛無的分析：「你可以說，個性才是一個人的靈魂。我可以搬動回憶，但無法移動靈魂。」

「你跟我說這些做什麼？」

「改變你自己的個性吧，承認你在乎那些妓女勝過一切，不管她們是你的朋友或是愛人，她們對你都是這一世最重要的存在。過去在泰緬邊境時你眼巴巴想逃離她們，是因爲前幾世的悲慘經驗讓你的潛意識以爲，對你來說很重要的人都會因你而死。你不想承受這樣的痛苦，所以你要離開小鎭。最後她們眞的陰錯陽差因你而死，你就又變本加厲扭曲她們跟你之間互相依賴的寶貴關係，乾脆拒絕承認她們在你心中的重要性，拒絕爲她們報仇，拒絕爲她們流一滴眼淚，拒絕思念她們。也就是因爲你一直抗拒你眞正的情感，你只好再度扮演一個瘋狂的神經病殺手，藉著跟這個世界疏離以逃避痛苦，直到連你自己都受不了你的瘋狂爲止——火魚，你的悲慘，來自你早已變形的彆扭個性，而不是你想像中的命運。」

「……我不懂你在說什麼。」我早已沒在聽。

「火魚，如果你不改變你對自己的想法，你就會一直回到這裡，一直哀求我將你的記憶炸掉。你以爲這樣就可以重新再來，但你自己已經一次又一次證明這樣的重新再來是不可能的。」

「哈。」我還是在笑，但我知道我對這些分析的忍耐已到了極限。

「你知道你爲什麼會那麼痛苦嗎火魚？」

「我沒興趣知道，我只知道一個結束它的方法！」我嚴厲地對他咆哮：「那就是你！你！你可以結束它！但你卻一直浪費時間在對我說教！」

「你會痛苦，就是因爲你不是一個眞正的壞蛋，你很溫柔，你一直都是一個很溫柔的人。當一個溫柔的人很容易受傷，所以你假裝自己是一頭刺蝟，你讓人畏懼，讓人不敢靠近，因爲你已經受夠了那些靠近你的人的下場。」

「我就是喜歡讓人害怕！」我大叫，生怕這笨蛋醫生聽不見。

「這些其實也是不斷回到這裡的你教會我的，火魚。人生在世，本來就會有很多不如意的事，當然，發生在你身上的是比較誇張一點。接受它們很難，會很痛苦，甚至痛不欲生，但如果你只是想要用遺忘它們的方式去逃避，最後它們還是會用業障的形式繼續侵入你下一個生命輪迴裡，不斷用相似的命運折磨你，直到總有一天你接受它們爲止。」醫生又在說我聽不懂的話了：「火魚，只要你想眞正改變你的命運，你隨時都能辦到，那就是接受它們。接受它們就是你人生的一部分。」

我看著醫生，看著那一個自稱是我這輩子最好朋友的，王八蛋。

這個我毫無印象的王八蛋在這個地方看我一次又一次回來向他苦苦哀求，聽我說著一次又一次亂七八糟見鬼了的悲慘命運。

他是這個世界上最了解「我」的人，也是這個世界上我最不允許存在的人，偏偏，他又是我唯一無法殺掉又不得不倚賴的造物主。

他在心裡暗中嘲笑我嗎？他裝出一副想幫我的嘴臉，但其實是把我當作記憶遊戲的實驗品嗎？他說他是我的好朋友，他說我曾經救過他，這樣的描述有多少眞實成分？我不知道。

他擁有我，我卻對他一無所知。

不，我並非對他一無所知。我知道他的特殊能力可以幫我。管他心裡對我是什麼想法，我裝作不在意就行了，重要的是他絕對可以幫我把腦子裡的廢物都燒成灰燼。

對，是我在利用他，是我在利用他！

「那個叫番茄的垃圾，把我扔在義大利是吧？義大利？眞虧他想出來的好地方。」我盡情冷笑：「我猜只要下次我把自己扔在埃及或利比亞那種鬼地方，應該就回不到這裡了吧哈哈哈。」

「埃及？利比亞啊……那裡槍那麼多，我猜你會用光速回到我這裡吧。」

「也許吧，但那也是下一世的我的選擇。」我瞪著醫生，不斷用目光威逼著他：「如果你眞的是我的好友，好，那你的確欠了我一條命，還我！用我要求的方式還我！」

「火魚，你沒有聽懂我的話嗎？如果你不眞正面對你的命運，不管你的名字叫黑白還是甲蟲還是喪屍還是番茄，你都不會掙脫你的宿命。如果你一直沒有勇氣抓著麥克風在台上唱歌，不管你多喜歡搖滾你都不會是一個搖滾歌手，假如這一世的你沒有勇氣寄出Demo帶給唱片公司，你怎麼能指望下一世的你突然生出勇氣？你甚至一直都沒決心錄完那張Demo帶！」

「我可以在我的胸口刺下Rocker，我可以把我喜歡的搖滾樂的歌名都刺上去！每一首！當我再一次醒來我就知道我一定要去做這件事！我一定！不要再當殺手了！我要成爲一個搖滾歌手！就在我的下一世！」我大吼大叫：「下一世的我一定會找到對我眞正重要的東西！」

不知不覺，見鬼了我發現自己的臉上濕得要命。

百分之百一定是這個醫生偷偷對我下了流淚的暗示。卑鄙！無恥！

「你早就找到了，對你眞正重要的東西了。」醫生閉上眼睛，重重嘆了一口氣：「只是你無法下定決心保護她們罷了。你甚至，連在心中悼念她們的失去都辦不到。火魚，連我都爲你感到痛苦了。」

我一直哭一直哭，這醫生下的暗示讓我不得不全面棄守我的眼淚，而他只是沉默地放任我一直這麼丟臉地哭下去。

我無所謂。其實我根本不在乎自尊心這種可有可無的虛假自我。只要我可以一直哭到這個醫生不耐煩了或沒轍了或可憐我了，他就會動手在我的腦袋裡裝置我夢寐以求的炸藥。他的舉手之勞，我的朝思暮想。

當我正努力扮演一個痛不欲生又容易崩潰的垃圾時，那沒有良心的醫生居然當作我不存在，自顧自說著我根本毫無興趣的我們之間的友誼。

他用懊悔的聲音說著我沒有一點點印象的陳年往事。他說那一天晚上他不應該嘗試去偷那兩個流氓的皮夾，更不應該在失風的時候還用尖銳的言語嘲笑他們。他說他有責任自己想辦法解決那兩個凶神惡煞，至少應該試著逃跑，而不是嚇到腿軟。他說他對不起我。他說無論如何不應該讓我獨自一個人揹下殺人的陰影——至少那個晚上不行。

他一直說，我一直哭。他害我哭到睡著。

在一個隨時都會醒來的脆弱如蛋殼的夢境裡，我依稀聽見醫生對我說了一些話。

我安安靜靜地聽著。

他說了什麼我沒有印象，只記得我像乖孩子般一直說好。好。

好好好好好好好好好好好好好好好好好好好好好好好好好好好好好好好好好好好好好好

好好……

診間牆上那幅達利的畫溶解了。

那癱軟的時鐘慢慢滑下了畫裡的枯枝，摔落在沙灘上，滑出了畫框的疆界，掉在我的身上。整個診間都溶解了。沙發溶解了。醫生的臉溶解了。那癱軟的時鐘在我肚子上溶解了。我的身體，我的感覺，我的意識，也跟著一切溶解了。

只剩下夢。

然後夢也溶解了。

當我睡眼惺忪睜開眼睛的時候，人已經躺在飯店的大床上，頭痛欲裂。

我知道我的腦袋裡已經有了一枚無與倫比的不定時炸彈。

這是這一世的我，最幸運的獲得了。

44

我知道再過不久，現在我正經歷的一切也會變成一場夢。

所剩的時間不多，我卻一點也沒有反過來珍惜這個軀殼的意思，反正我的靈魂即將出竅，狡猾地轉生到一個乾乾淨淨的人生裡。

不過經驗畢竟還是有用的，回想起來「這一世的我」之所以還會成爲殺手，都怪我在南韓那間破爛酒吧遇到那一個禿頭胖子，手賤打開了他遺留下來的公事包的結果。

我猜那個禿頭胖子是「某一世的我」的經紀人，我猜想「某一世的我」也曾經試著想將他幹掉卻沒有成功，見鬼了就是類似這種殘留的不純物害得我重蹈覆轍，無法順利開展我的搖滾人生。

我不能再犯一樣的錯誤，我得快一點將「這一世的我」存在的痕跡全都抹消，免得他們像幽魂一樣糾纏我美好的下一世。

劉錚哥是我第一個經紀人，所以我先飛到首爾，找到劉錚哥的路邊咖啡餐車。

遠遠就看到我的劉錚哥向我揮揮手，假裝熱情地幫我點了起司蛋糕。

「今天怎麼有空來找我啊？我聽說你最近都在台灣亂殺人啊哈哈！」劉錚哥自顧自乾笑：「不都在忙著開槍嗎你！」

「是啊。」我用手抓起起司蛋糕就塞，含糊不清地說：「今天輪到朝你身上開槍。」

「……」劉錚哥愣了一下：「你是開玩笑的吧兄弟？」

「我先殺你，再殺你老婆。」

我將兩隻槍放在塑膠小圓桌上，用力吸吮著沾滿起司的手指：「砰，砰。」

「喔……爲什麼？」劉錚哥臉色一沉。

他沒向我求饒，眞是非常了解他現在的處境，更清楚我說到做到的瘋狂。

「想殺人還要找原因不太累了嗎。」我的視線示意劉錚哥可以跟我比賽，誰先拿起桌上的兩把槍就能把對方幹掉：「不過如果你有本事把我幹掉的話，我也不介意死在這裡的是我。」

「……」劉錚哥冷笑，用來冷笑的嘴角肌肉卻在抽搐。

「拿啊？跟我客氣什麼啊劉錚哥。」我故意翻白眼。

不愧是幹過殺手的經紀人，劉錚哥可沒有浪費掉我這一翻白眼、視線飄離的機會，他雙手搶過桌上的雙槍，一句再見都不說，毫不猶豫就對著我扣扳機。

我笑了出來，劉錚哥卻沒有笑。

對著我發射的只有喀喀喀喀四個聲音，那兩把槍裡的子彈早就被我拿出來了。

「開個玩笑。」但我沒有笑。

我從背後拿出眞正塡滿子彈的雙槍，對著劉錚哥說：「別跟我計較啊。」

劉錚哥這個大格局的人當然不會跟我計較，他只是仰躺在椅子上回憶他自以爲是個詩人的一生，然後爲他額頭上的彈孔作最後一首爛詩。

男人就是要說到做到。我走去餐車收銀台跟他臉色慘白的老婆說：「大嫂，起司蛋糕很好吃，咖啡就普普通通了，本末倒置了吧這間店哈哈。另外幫我跟劉錚哥說，他寫的那些詩眞是爛透了，超瞎。」

大嫂當然太同意我了，所以她馬上就飛奔向劉錚哥傳話去了。

我不知道跟我一直不對盤的鬼子是誰，我猜我也不可能因爲我眞的很想知道就忽然知道，姑且就先放過她。不過我倒是很清楚在哪裡可以找到我另外三個經紀人。

我飛去香港，直接就在機場廁所將被我約來的火柴頭的腦袋轟掉，用的還是他特別帶來給我的槍。

然後我馬上搭下一班飛機到日本，一入境就到船井先生經營的二手唱片行，我走到櫃檯後面將還在吃飯的他喀嚓一聲。

只剩下台灣的煙斗太太。

不過煙斗太太頗爲棘手，因爲她開的花店沒有開，找不到人，我打電話過去也直接進見鬼了的語音信箱。沒關係，還沒完呢。

飛機又一次在曼谷著陸後，我隨隨便便就弄到兩把槍、跟多到可以把天上星星都打下來的子彈，包了一台車直接往泰緬邊境出發。沿途我都在睡覺。醒來後已是半夜。

半夜很棒。我走下車開始清除「這一世的我」留下的見鬼了的痕跡。

在陌生又熟悉的街頭，閣樓、酒館、賭場、妓院，我不停地開槍開槍開槍開槍開槍，將認識火魚的這些雜碎全數抹除。

我發誓過了今天晚上這個鬼地方將不再有火魚生活過的痕跡，甚至也不會有火魚曾經屠殺過這個泰緬邊境小鎮的雙槍傳說。在未來，不會有任何人在意外遇上「下一世的我」時又意外將充滿光明未來的我推向骯髒齷齪的黑暗世界。

我不允許。絕不允許。

有件事那個自稱我此生摯友的醫生說錯了，殺光了這些垃圾時我一點也沒有開心的感覺，我只是機械式地扣扳機，彷彿中槍的都是一些素不相識的陌生人，在倒下前早已是沒有墓碑的屍體。我一邊開槍，一邊莫名其妙流淚，眞是特效藥個屁。花了一個晚上，我幫「下一世的我」清除掉可能出現泰緬邊境的腐敗雜質，我只替這一趟不得不的旅程感到悲哀。

泰國有一件事的技術領先全世界，那就是變性。我承認我想過這件事幾秒鐘，但我還眞不想只因爲要徹底讓「下一世的我」完全不知道「上一世的我」是誰，就硬把自己的老二變成一條陰道，那樣做實在對「下一世的我」很不負責任。雖然我並不認識「下一世的我」，但我確信他一定不喜歡那一條人工陰道。

反正煙斗太太還沒挨槍，在決定「下一世的我」要從哪個國家醒來前，終究我還是先回到了台灣。

這次花店開了。

我與沖沖走進去，卻沒見到煙斗太太。

「老太太她住院了。」櫃檯的小妹一邊玩手機一邊說，看都沒看我一眼。

「住院？」我皺眉：「爲什麼？」

「住院當然是生病了啊……白痴。」顧店的小妹沒好氣地回我。

「哪一間醫院？」我用手指比成槍形，對準她的腦袋。

「榮總啦。」

「病房呢？」

「不知道啦！」顧店小妹還是沒看我一眼。

我去了榮總，每一間病房都把門推開看看，找了幾個小時才找到了煙斗太太。

她變瘦了，不過瘦不是主要的問題，主要的問題是她全身上下都被塑膠管子捅成一個畸形怪狀的模樣，嘴巴上面罩著呼吸器，看樣子活不了多久。

她的身邊有一個礙手礙腳的看護，我將她打昏，再搖醒正在昏睡的煙斗太太。

「我來殺妳。」我拍拍她爬滿皺紋的臉。

「……」煙斗太太眼睛空洞地看著我……或沒有看著我。

「喂，我說我來殺妳。」我掏出槍，頂著她的臉：「醒一醒。」

「……」煙斗太太忽然瞪大眼睛。

旁邊的心電圖機器開始鳴叫，上面只剩一條沒有反應的橫線。

她死了。煙斗太太來不及被我殺死就死了。

王八蛋我本來是來殺她的，現在卻變成趕來送終的頭香，這完全不是我的本意啊見鬼了。

我心情變得很差，花了很大的忍耐力才沒有把煙斗太太的屍體轟成蜂窩。

走出醫院，我馬上去了另一間醫院。

跟帥不帥無關，我隨便找了一間整形診所動臉部手術。我的標準很低，就是竭盡所能不要像現在的我，最好完全是不同的兩個人，要削骨還是要塡充什麼怪東西進我的臉我都無所謂，重要的是面目全非。

「X光顯示，金先生你已經動過至少兩次以上的整形手術了？」

醫生研究著我的臉骨，表情有點猶豫。

「喔是嗎？那很好啊，你就再接再厲。」我眞是佩服以前的我。

當我走出整形醫院時臉上還貼著厚厚的紗布，天已黑了。

紗布底下是密密麻麻的縫線，明明麻藥還沒退，卻有一種微微發燙的腫脹感，不知道是不是我的幻覺。我無所謂，不過有點好奇倒是眞的，等到過幾天紗布打開就會揭曉我下一輩子的模樣。

臉算是搞定了，我還有胸口上的刺青要處理。

雷射是無法將刺青完全處理乾淨的，我腦袋裡殘留著這樣的知識，所以我得找一個刺青師傅將這條燃燒的火魚給好好改造一番。

正當我想隨性尋找刺青店的時候，一張貼在電線杆上的黑白廣告單吸引了我的注意，上面簡單寫著「刺青店」三個字，以及一個用麥克筆粗略畫出的「往上」標誌。

嗯，沒有住址，只是單純的往上啊？

這裡是靠近一個大公園的舊街區，四周都是老公寓，電線杆旁的公寓沒有門，那個往上的標誌多半就是指這裡吧？我半信半疑走上樓，直到最頂樓才看見那間加蓋出來的怪店。

那簡直是一個憑空獨立出來的小房子，窗明几淨的，門口還種了一堆礙眼的花花草草，不知道是不會做生意還是不想做生意，老闆單單用一塊畫布寫著「刺青店」三個字就算作開張，或許我是這個月唯一的客人也說不定。

我走進去，一個年約三十初歲的女刺青師穿著寬寬大大的T恤在裡面翻雜誌。

與其形容這個房間，不如描述她。她的頭髮很長，腿很細，什麼顏色跟情緒都沒有的一張瓜子臉，讓整個眼界所及都散發出一股令人不想發出聲音的素淨。

她看著我，我看著她。

「我要刺青。」我說。

「好。」她答。

她拿了一條黑布給我。

我很自然地就將眼睛蒙上，然後躺在床上。

很長一段時間我都只是靜靜地等待發生在我身體上的第一個動作，而她什麼也不說什麼也不做，我猜她只是看著我。觀察著我。或在想一些我無從得知的事情。正當我忽然對自己剛剛那默默遵循的蒙眼行爲感到詫異的時候，她的針已在我身上刺動起來。

見鬼了我以前肯定也來過這裡吧？

肯定吧？我有一種可悲的、輪迴的、坐如針氈的直覺——會不會，我身上每一次的刺青都是這個女刺青師的傑作？黑白臉、甲蟲、燃燒的金魚。如果我以前來過這裡，等一下離開的時候一定要殺了她，免得她……免得她……免得她什麼？她能對我做什麼？

當蒙住眼睛的黑布解開時，天已經亮了。

陽光從屋底上的玻璃遮板透下。

我看見那條燃燒著火焰的金魚依舊存在，只是我的胸口多了一把電吉他。電吉他的圖案是流焰四射的火焰，金魚變成僅僅是象徵性的點綴。

初晨陽光的溫度灑在我的新刺青上，令我更加喜歡這把電吉他。如果在某日某地我重新啟動了，第一次在鏡子裡看到身上這把超搖滾的火焰電吉他，一定會堅定地朝我眞正的夢想用最短直線的距離飛衝過去吧！

很好看，我在心裡說。然後我看見我放在地上的那兩把槍。

原來這個女刺青師在這種情況下，依然故我地做著她唯一該做的事？

「妳認識我嗎？」我慢條斯理將那兩把槍撿起來。

「拿去。」她伸出手。

但不是討錢，而是給錢。

「妳付錢給我？」

「刺青是我的興趣，不是我的職業。」

我狐疑地接過那幾張鈔票。

幾乎懶得再看我一眼，她直接躺在床上睡覺了。

我看著她。剛剛爲了接過她給我的鈔票，我順勢將那兩把槍插進腰後。

我想，特地再拔出來一次是有點太矯揉造作了。

我幫她將門帶上。

離開刺青店的時候，我只剩下一個問題。

——下一世的我究竟何時重生？

45

腦袋裡的記憶炸彈遲遲沒有炸開。

算一算，打我從泰國回台灣後已經過了一個禮拜了，實在讓我很心急。

前一陣子用子彈清理火魚在這個世界留下來的痕跡，讓我勉強有事可做，但浪費完那些子彈之後我又陷入無人可殺的窘境。肯定是因爲無人可殺，我的眼淚又開始不自主地流下來，讓我恨不得把眼睛給挖出來。

明明我燒光了所有的證件，改變了面容與刺青，期待著人生忽然重新啟動的那一刻，那爲什麼我又開始如此暴躁？

我又回到了精神科診所。

我當然沒有掛號，直接踢開門就走進診間。

診間裡除了那個正在削蘋果的醫生，還有一個正在地上做伏地挺身的中年男子，我很想馬上掏出槍將他的健身療程強制結束，不過那醫生先了一步，彎腰在那個身形高大的男人耳邊輕輕說了一些話。男人兩眼空洞地站起來，滿身大汗穿上風衣用慢跑的動作離開。

我想醫生是用催眠的方法在幫這個中年男子減肥吧。

不等我開口，醫生就將那顆蘋果丟向我。

「我問你，我腦袋裡的……」我盡量克制我的怒氣。

「兩隻眼睛都被血絲爆掉了，我看你還滿腦子想著殺人吧。」醫生直截了當。

「我想殺人做什麼？我眞正的天命是搖滾。」

「如果你的個性已經被這幾世的殺戮，慢慢改變成一個需要靠開槍才能確認生存狀態的話，下一世的你只要還碰得到槍，你的命運又會急轉直下。我建議你，趁還有一點時間，動手術將左右手的食指神經切斷，讓下一世的你再也無法開槍比較保險。」

「手指神經要是不靈敏的話，我要怎麼彈吉他？」

「下一世的你也會找理由不學吉他吧，何必假裝你有那種上進心呢。要平平安安過一輩子，手指可以拿穩湯匙就行了。」

「……這是我的事……不，這是下一輩子的我的事，我沒資格幫他切什麼手指神經。我問你，我腦袋裡的炸彈到底什麼時候會爆炸？你該不會是在耍我吧！」

「就跟你說過了我不知道。過去你離開之後從來沒有再回來找過我，我也不知道過去的你被重新啟動的時間需要多久。」醫生爲自己倒了一杯熱茶：「但如果用比喻來解釋的話，嗯，我這麼說好了，我將一隻專吃記憶的蟲放在你的腦袋裡，這隻蟲會先完整巡邏一遍你的記憶，一邊巡邏，一邊分泌特殊的化學物質在記憶區上面，你可以將那些化學物質當作是火藥。你的記憶越多，這隻蟲巡邏它們的時間也需要越多，結束巡邏的那一瞬間牠才會一口氣引爆那些火藥。我想這幾年你經歷的一切非常厚實，所以記憶蟲需要久一點的時間埋線。」

見鬼了什麼記憶蟲不記憶蟲的，當貞是把我當白痴耍嘛。

「好，我姑且相信你。」我大啃了一口那顆蘋果：「這幾天我想到一件事，不如你創造一個搖滾歌手的記憶，或者是一個搖滾歌手應該具備的個性設定好了，通通一起裝在我的腦子裡，等我的記憶一被掃光，馬上就可以用上新的設定，那樣豈不是萬無一失！」

醫生噗哧笑了，點點頭，拍拍手。

「透過模擬不曾存在的記憶，無中生有創造新的人格，甚至給予新人格足以匹配其虛假記憶的新能力，是，是可以做到，但那是我師父的拿手好戲，我怎麼也學不來。我的程度最多就是記憶淨空，抱歉了火魚。」

「那！那就快叫你師父幫我啊！」

「火魚，你唯一的幸運可能是沒有機會認識我的師父。別強求那種厄運。」

「……什麼意思？難道我會怕你師父嗎？」我用力拍桌。

這一拍，我發現自己正在一間迴轉壽司店裡，手裡還拿著一碗濺出來的味噌湯。

而我的身邊坐著換了一身隨性便裝的醫生，正伸手往軌道拿走一盤鮭魚壽司。

我無法不覺得氣餒，我知道這種見鬼了的「瞬間移動」的羞辱也是我自找的。

「這幾天你藉機殺了不少人吧，一方面這一世的你已經越來越嗜血，一方面你非常焦慮下一世的你會擁有什麼樣的新人生。未知是很可怕的，唯有透過最拿手的殺人去排遣這段等待期。」醫生若無其事地將幾張衛生紙放在我面前。

「那又怎樣。」我肯定臉色鐵青，狼狽地擦著手。

「如果你很喜歡殺人，而且眞正樂在其中的話，我倒也不覺得你的人生有什麼問題，殺手嘛，總是要有人幹這一行的不是嗎，能夠喜歡自己的職業也是箇中好手的基本特質。老朋友，我希望你快樂。」醫生吃著鮭魚壽司，淡淡地說：「但你沉迷於奪人性命，卻又爲這樣的命運感到痛苦，偏偏你又彆扭得什麼也不肯承認，搞得自己做什麼都開心不起來。」

「……你到底想說什麼？」

「我再送你一個來自老朋友的建議算了。想想，反正你能夠殺人的日子也不多了，你就乾脆好好享受最後這一段血豔紛飛的時光吧。」醫生將一張照片推到我面前：「喏。」

照片上的人，嚇了我一大跳。

矮矮胖胖的還禿頭，分明就是那個在南韓爛酒吧搭訕我的王八蛋啊，如果我的推論沒有錯，這死禿頭曾經是「某一世的我」的經紀人，而且還逃過了「某一世的我」最後的記憶大清理。

現在給我看這張照片，是怎樣？

「在你去泰國這段期間，台灣很不平靜，每一個黑幫都忙著消滅對方，而每一個黑幫內部也趁機玩大風吹，他們每天製造出來的屍體數量都在挑戰民眾的忍耐限度。就算是黑社會也需要穩定，衝突仍然要解決，警察乾脆給了十天讓黑幫用自己的方法徹底玩開。就十天，沒有法律的十天。十天過後一切都會回復平靜——就在今天晚上。」

「這跟這個死禿頭有什麼關係？」

「我也不知道有什麼關係，不過現在黑白兩道都想得到他，他叫老茶，有人要他死，有人要他活，有人要從他那裡得到一些東西後才准他死，有人只需要老茶活過今天晚上，過了今晚就隨便他橫死街頭或被誰抓走都沒關係。說真的，老茶到底招惹了誰還是不小心知道或保管了什麼秘密，到底他是價值連城還是燙手山芋，我也不清楚。」

「你不過就是一個醫生，為什麼會知道這麼多？」我感到很不對勁。

「……原本這張照片是屬於我的，但我並不想要。」醫生完全不理會我的疑問，自顧自說：「對我來說這張照片背後的意義太複雜了，我對無法完全理解的東西敬謝不敏。你呢？你想要這張照片嗎？期限是今天晚上十二點整之前。」

「你不只是一個醫生這麼簡單吧？」我將那張照片揉在掌心，算是收了。

醫生臉上的笑容，彷佛早已知道我一定會收下這張照片似的。

「我唯一知道的，就是老茶今天晚上人會在哪裡。」

「在哪？」

醫生用他杯子裡的可爾必思，碰了碰我拿來裝味噌湯的碗。

「警政總署。」

46

距離午夜十二點，還剩下一個小時又三十七分鐘。

明明飄了細細的雨，天空卻還是可以看見模糊的下弦月。

即將告別火魚這個破爛不堪的垃圾人生，我卻在爆炸邊緣接了這張單，若要問我爲什麼，我只能說……就當作我送給火魚的一點點餞別禮吧。

他那麼愛殺人，就讓老茶變成他這輩子殺的最後一個人吧，況且老茶是某一世的我的經紀人，又意外搞砸了我這一世的人生，如果不把握機會除掉他，豈不是又要讓這個禿頭變成危害下一世的我的隱憂嗎？

不。絕不。

最困難的莫過於怎麼進警政總署，但這部分卻也是最簡單的部分。

老茶，我的前經紀人，這麼多人要他要死要活的這麼錯綜複雜，當然有不可思議多的漏洞埋在那些錯綜複雜後面。醫生送我的這張照片背後寫了一串電話號碼，我打過去，是一個準備出賣老茶的消息來源。我想他只是其中一個漏洞。

「你知道做事的地方在警政總署嗎？」電話裡的聲音很緊張。

「那又怎樣。」我很不屑，幾天前我不過用兩支槍就滅了一個鎭的黑幫。

「今天晚上，老茶絕對要死。」

「就算爲了我自己，我也不會讓老茶活過今晚。」

電話結束後的二十分鐘，我們在暗巷裡碰面。

他是一個位階很高的警署督察，給了我一件警察制服換上。他說，不管我打算用什麼方法做事，總之他只管安安靜靜帶我進去，接下來他什麼都不管，也沒有方法帶我離開，我得自己想辦法逃出生天。

對我來說這實在太小兒科了，只要有足夠的子彈，我在任何地方都能來去自如。

「老茶在五樓，走廊盡頭的房間。」

「左邊還是右邊？」

「不清楚。」

「殺了他就行了吧。」

「……尾款我會放在台北車站的這個櫃子裡，這是鑰匙。」

「我無所謂。」

十一點二十七分。

我壓低了帽子，手裡拿著一疊報紙跟一個空空如也的保溫鋼杯，跟在那位心懷鬼胎的督察後面走進警署。這個時間的警署裡還是有不少人在裡頭辦公，忙進忙出的。我一進去就直上二樓，在樓梯轉角跟那個呼吸粗重的督察分開。

我選了走廊左側的樓梯上去，沿途沒遇上什麼警察，只有一台飲水機，我在那裡將保溫鋼杯斟滿。當我用最穩定的腳步走到五樓的時候，我果斷推開兩間位於盡頭房間的門，但裡面都只有充滿霉味的陳舊卷宗，哪來的老茶，見鬼了真是整個賭錯方向。

我轉身朝走廊另一頭前進，這時，我的頭皮發麻了。

短短的這一世我開過不少槍，宰過不少牛鬼蛇神，甚至在前幾天還親手製造過地獄。但沒有一刻令我感覺到如此寸步難行。我不動聲色，努力壓抑著內心的激動——就在我這苟延殘喘的最後時光，卻能聞見最接近死亡的危險氣息。

一個又高又瘦的男警察一手拿著卷宗，一手拿著保溫鋼杯。

一個紅光滿面的男警察默默拿著同樣冒著熱氣的保溫鋼杯。

一個漂亮小女警拿著會議紀錄樣的文件，一手也拿著鋼杯。

見鬼了我也拿著斟滿滾水的鋼杯。

走廊上我們四個人不約而同看著彼此，打量著彼此，試探著彼此，四個裝模作樣的鋼杯都冒著一樣的熱氣，讓身上這四件警察制服變成心照不宣的小丑打扮。

牆上的時鐘滴滴答答，我瞥了一眼，十一點二十九分十幾秒。

這時坐在走廊中央保安桌後的兩個值夜警察倒了下來，跟椅子一起摔在地上。白痴都看得出來他們的脖子被扭斷，死得不能再死。

我想很清楚了，大家都是來做事的。

而這裡還有第五個殺手比我們更早動手，搶了頭彩。

「有人早我們一步。」那個漂亮的「小女警」第一個開口，聲音還裝可愛。

「你們的立場？」又高又瘦的「警察」語氣從容，好像不關他的事。

「不管要救要殺，別在這裡開戰。」紅光滿面的「警察」不知道在笑個屁。

「是嗎？我倒是不介意。」我冷笑，眞期待等一下子彈紛飛的慘鬥。

牆上時鐘上的刻度，對我來說已經意義不大，這種異常危險的氣氛才是我追求的。當他們還在用眼神互相刺探的時候，我已知道這種表面的拉鋸不會持續太久，只要第一顆子彈噴出，接下來就是一百顆子彈劈哩啪啦的刺激場面了。

說不定我暗自期待，今天晚上火魚會死在這裡。

鏗鏘！

走廊盡頭的房間忽然打開，一個「老警察」扶著全身被剝光的老茶從裡面衝了出來。老茶神智不清地傻笑，令四個保溫鋼杯同時脫手。

一瞬之間大家原形畢露，從警察的殼脫出成了各打算盤的殺手。

「轟！」那個老殺手硬是將老茶摔回房間，朝這裡轟了一大槍。

「砰！砰！」我當然不會錯過機會，手中雙槍也朝著老茶的方向扣下扳機。

「咻！」那個瘦高殺手朝老茶的方向開了一槍，原來跟我有志一同啊。

「咻！」紅光滿面的殺手朝著我開槍，看樣子我得好好珍惜這個最後的對手。

「颯！」漂亮女殺手一揚手，竟是一柄飛刀射向瘦高殺手。

只這一秒，每個殺手的立場都很鮮明了。

要殺老茶的是我跟瘦高殺手，要救老茶的是老殺手、女殺手，還有看起來氣色飽滿的年輕男殺手。表面上我們很不利，是二打三，不過情勢是站在我們這邊的，要把一個人救走，遠遠要比把一個人殺掉要困難太多了，況且這裡還是一個絕對不允許殺手發生槍戰的條子地盤！

我誰啊？我火魚！

誰怕在條子地盤開幹啊！我當然是把握這最後的機會大鬧！

「掩護我！」女殺手的身影衝向老茶的方向。

「行！」男殺手以左手臂爲架，右手對著高高瘦瘦的殺手不斷扣扳機。

「小子趴下！」老殺手見鬼了拿著一把長柄雙管霰彈槍開轟。

無數飛濺炸出的小鋼珠從年輕男殺手的頂上掠過。

咿嗚……**轟隆！**

那聲音很不對啊，我跟瘦高殺手只得龜縮到走廊兩邊的牆後，但霰彈槍的威力還是將牆緣擊碎，漫天噴濺的石屑割傷了我的臉。見鬼了那把霰彈槍肯定被動過手腳，不然火力怎可能那麼大？

警鈴聲嗚嗚大作，亂七八糟的腳步聲從四面八方擠了過來，想也知道是條子趕來湊熱鬧，哈哈哈哈哈實在是太令人興奮啦不是嗎！

「想辦法，先把那管棘手的霰彈槍拿下來。」

瘦高殺手一邊說，一邊冷靜地拔下剛剛射進手臂的飛刀。

比起女殺手可怕的飛刀技術，我倒想稱讚瘦高殺手可怕的即時反應，要不是他在一瞬間即時揚起手臂，女殺手那一刀早就將他的脖子釘在牆上。

「你做你的，別想命令我。」我撥掉臉上的石灰粉，惡狠狠地瞪了他一眼。

對我來說他可不算是眞正的夥伴。老茶應該死，不過今天晚上老茶唯一的死法，就是死在我的手裡，某種意義上我們也是競爭者，必要的時候我也得殺了他。

「……」瘦高殺手沒有回嗆我，專注調整呼吸。

跟默契無關，肯定是基於相似的直覺，我跟瘦高殺手同時竄出去，在身影交錯的那一瞬間朝走廊那頭各自開了一槍。

咿嗚……**轟隆！**

雖然那壓制力超強的霰彈槍又是一轟，輕易地逼得我們躲回牆後，但如果我沒看錯，剛剛瘦高殺手那一槍已命中了那老頭兒，大概是打在肚子上吧？再過片刻那老殺手就沒辦法繼續囂張下去了。

我們持續對轟，好幾十人的腳步聲也快速接近著。

見鬼了這裡可是三棟大樓相連的結構，每層樓都有兩個樓梯，也就說同時足足有六個方向的警察朝我們逼來。我很期待他們盡最大的努力進來攪和攪和，不然讓我們太簡單得手，不是很沒意思嗎？

可惜那些警察還沒開槍前，竟然只是拿擴音筒慌張地亂喊一通。

「放下槍！不要再開槍了！」

「報上名字！你們到底是哪個道上……到底想幹嘛啊！」

「聽好了！不要傷害人質！我們可以談談！不要開槍！」

「你們已經被包圍了！馬上束手就擒！」

「這裡是警政總署……你們不可能逃出去的，不要做困獸之鬥！」

眞好笑，誰信那些只會辦公的警察幼稚的心戰喊話啊？在維安部隊趕來之前，這些條子只能算是這場殺手槍戰裡的一點點雜訊，連打亂我開槍的節奏都辦不到。

忽然女殺手射出的兩把飛刀穿過走廊上呼來嘯去的子彈，走勢詭異，我明明躲進牆後，卻還是被忽然彎進來的飛刀給劃傷了臉，差點瞎了眼。

見鬼了，除了直覺加運氣，否則遲早死在這種……這種……等等，我看過這飛刀啊！這飛刀沒有第二把了，肯定就是在匈牙利布達佩斯的那間法國餐廳，以燕子滑行的弧度幹掉老太太的那一把啊！

「太巧了實在是。」我當然笑不出來：「難道殺手之間也會彼此吸引嗎？」

「……」瘦高殺手看了我一眼，他的耳朵也被劃傷了：「你還有多少子彈？」

「見鬼了你自己看著辦，別想我會借你。」

「不是這個意思。」瘦高殺手淡淡地說：「我只是提醒你，今晚還很長。」

走廊那頭不曉得在討論什麼，忽然那老殺手大叫：『老傢伙送你們！走！』

我探頭出去，只看到那抓狂了的老殺手站在走廊中央，用他那把超作弊的霰彈槍朝我們這裡連續狂轟，轟得我前面的牆壁都快垮了，想也知道是用他最後的呼吸掩護那兩個年輕殺手下樓。

坦白說，我聽著老殺手故意哈哈大笑壯自己聲勢，不禁替他感到悲哀……年紀那麼大了還在這裡亂殺人，難道人生找不到其他樂子了嗎？非得靠殺人打發時間嗎？難道他的制約是活到老殺到老嗎？悲哀，眞的很悲哀啊！

「老頭，我送你！」

我等不了他子彈用完就衝出，在石屑紛飛中瘋狂開槍。

身中數槍的老殺手倒下的時候，兩眼發直地看著我，那似笑非笑的表情實在討厭，所以我多給了他的臉兩槍，好讓他不要那麼自以爲是。

「追。」瘦高殺手跑下樓。

「盡說廢話。」我大罵。

那瘦高殺手要不是對開槍很謹愼，要不就是子彈帶太少，再不就是看我很喜歡開槍於是索性讓我一個人在前面衝鋒陷陣。我在下樓梯的過程硬是幹掉了幾個跑過頭的警察，而瘦高殺手只是冷靜斷後，一槍不發。

當我們再度看見那對男女殺手時已在三樓。只見那男殺手眞的瘋了，他竟然扛著老茶往走廊盡頭一路暴衝，看樣子他是想從三樓天台往樓下跳出去——我可不能讓他這麼幹。

雙槍揚起，我往前疾踏一大步。

「不妙喔！」那女殺手忽然轉身，雙手擲出飛刀。

危險的飛刀劃過我們之間，我左閃，瘦高殺手右躲，堪堪讓飛刀掠過。

「嘿！」我雙槍轟出，卻意外只擊碎了男殺手身後的玻璃。

「……」瘦高殺手開槍，也只打中了老茶的屁股。

男殺手扛著屁股噴血的老茶，忿忿不平回頭開了兩槍。

我當然瘋狂回擊。

「留下！」瘦高殺手忽然搶上，穩穩站在走廊中間射出關鍵的一槍。

我彷彿看見子彈在飛。

神智不清的男殺手衝擋在女殺手面前，一動也不動地朝這裡扣下扳機。

就這樣，男殺手硬是幫著女殺手挨了這一槍，而瘦高殺手也被男殺手這一顆冷靜的子彈給打中，竟拚了個不相上下的雙雙中彈。

就在我忍不住笑他們傻的時候，兩柄飛刀從男殺手的雙耳邊飛射而出。

飛刀在走廊上劃出兩道如燕子飛行的流星。

「好美。」

我本可試著躲開，但那一瞬間那流星追流星的飛刀弧度，竟讓我讚嘆不已。直到那兩隻危險的燕子飛進了我的胸口，那椎心之痛才令我完全醒轉。

我難以置信地苦笑，往後退了兩步，搖晃著躲進牆後。

我暫時唯一能做的，就是把兩支槍牢牢握緊。

那瘦高殺手也躲進我對面的牆後，他剛中了槍，情況同樣不好受，卻沒有在臉上表露出痛苦。就這一點我忍不住對他肅然起敬。比起來，我的臉色一定很難看。

對面的男殺手一面躲一面隨意開了幾槍，我也隨便回應了幾槍敷衍敷衍。

子彈斷斷續續，我想我們雙方對接下來該怎麼解開這最後的僵局都還沒頭緒。

「喂。」我大力喘氣。

不用懷疑，我的肺肯定被刺穿了，血水慢慢在我的肺裡漲潮。

「嗯。」瘦高殺手不知所云，從他的表情根本不知道他傷得有多重。

「這裡是警政總署，你是不想活了嗎？」我調侃他。

「我喜歡活著。」他搖搖頭。

「那你還來？」我嘀咕，對著走廊另頭又開了兩槍。

「這是我的工作。」他觀察著對方，等待著什麼。

「殺人算什麼工作？你的人生找不到其他更好玩的事了嗎？」

「你呢？」

「別拿我跟你相提並論，殺人只是我這輩子幹的活，我很快就會擺脫這一切了。」

「是嗎……那也很好。」

此時走廊上的燈光一下子暗掉，黑暗張口吃掉了這條走廊。

同一時間，樓梯間的地板震動著很一致的腳踏節奏，二十幾道訓練有素的紅色光線射入黑暗，毫無疑問是警方真正厲害的維安特勤部隊終於加入這一場大混戰。嘖嘖嘖，那些警界菁英可不是貪生怕死的烏合之眾，尤其是排開陣勢的一整群豺狼虎豹，我得稍微認真起來了。

吡……吡……什麼聲音？好像是金屬罐子在地板上打滾？

答案揭曉，濃厚的白色煙霧滾滾而來，見鬼了是要命的催淚瓦斯，嗆得我眼淚直流，幾乎快睜不開眼，氣得我朝走廊另頭繼續開槍洩恨，讓那些子彈提醒對面那對狗男女，在這種絕境底下老子也不打算放棄！

我持續開槍，但瘦高殺手卻沒有跟上。

「真想再見她一面。」他喃喃自語。

「快死了嗎？哈哈。」我勉強嘲笑著，一個人照樣開槍壓制對方。

瘦高殺手死了也好，他一倒下，他的子彈就由我接收了。

如果有足夠多的子彈，不管在哪裡我都可以拿著槍當自己家裡逛，插在我胸口上的這兩把飛刀根本就不算什麼，根本就不算什麼嘿嘿嘿……

「眞想再見她一面。」瘦高殺手給熏得滿臉都是鼻涕眼淚，講話越來越模糊。

「誰啊？」空氣越來越稀薄了，我用力吸氣，卻嗆得胸口劇痛翻騰：「嗚……」

「眞想再見她一面。」瘦高殺手重複著這一句話，看樣子是不行了。

「撐不下去就快點死一死吧，呼呼……呼呼呼……還是要我幫你一槍？」

「……」

就在這個時候，我感覺到走廊那端爆發出一股前所未有的壓迫感。

那是什麼……那種排山倒海而來的力量？

不是威嚇，也不是恐怖感，而是一股不斷膨脹的……氣焰？

誰的氣焰？現在誰哪來這麼驚人的氣焰？

該不會是我出現瀕死的幻覺吧哈哈……哈哈……

「呼呼……呼呼……呼呼呼……」我難以置信地對著那無比膨脹的氣焰開著槍，雙眼吃痛地流著淚：「看樣子等不到重新洗牌……呼呼……哈哈……我要用更直接的方法結束火魚了……」

我的視線混濁不清，卻忍不住有點開心，因爲這一切總算有了一個眞正的結束。

是的，沒有「下一世的我」了。

沒有火魚之後的誰了。

我再也不需要重複這種糟糕透頂危害別人的垃圾人生了。
我永遠不會再回到那間充滿屈辱與無力感的精神科診所了。
再見了，我這個沒有人可以說再見的破爛人生……

轟隆！

不知哪來的爆炸聲衝進我的腦袋，白色煙霧裡的紅外線登時大亂。

「我來啦！」

我呆呆地站在原地，然後聽見一連串超級不寫實的爆炸聲在警政總署裡炸開。
瘦高殺手好像被巨大的爆炸聲給震醒，他重振旗鼓開始開槍，我也茫茫然胡亂扣下扳機。
他一槍，我兩槍，兩個人亂七八糟地用子彈逆向殺開一條血路。
走廊那端不可思議的氣焰消失了，子彈跟飛刀也同時消失了。

我想那對狗男女肯定趁著這亂入的大爆炸從天台帶老茶逃之夭夭。不過我不介意。是的我其實完全不介意。見鬼了老茶算什麼呢？眞正重要的東西一定不會失去，會失去的東西，就一定不是眞正重要的……

在黑暗中我一直開槍一直開槍，胸口越來越痛，腦子裡越來越模糊。

眞正重要的東西一定不會失去，會失去的東西，就一定不是眞正重要的。眞正重要的東西一定不會失去，會失去的東西，就一定不是眞正重要的。眞正重要的東西一定不會失去，會失去的東西，就一定不是眞正重要的。眞正重要的東西一定不會失去，會失去的東西，就一定不是眞正重要的。眞正重要的東西一定不會失去，會失去的東西，就一定不是眞正重要的。眞正重要的東西一定不會失去，會失去的東西，就一定不是眞正重要的。眞正重要的東西一定不會失去，會失去的東西，就一定不是眞正重要的。眞正重要的東西一定不會失去，會失去的東西，就一定不是眞正重要的……

眞正重要的東西一定不會失去，會失去的東西，就一定不是眞正重要的！

我在破碎的走廊上朝一片漆黑開槍。

我一面下樓一面對著大吃驚的警察開槍。

我一邊跑一邊對著後面的警署大樓開槍。

我看著瘦高殺手忽然消失在我的視線之外。

我朝著沒有人的夜色開槍，卻只聽見答答答的空扳機聲。

我看見了黑白。

在漆黑的暗巷，他輕輕拍著一個被嚇壞了的男孩，安慰他一切都會平安無事。然後開槍。在燃燒的酒吧裡，倒在血泊中的他爬向一個奄奄一息的、下體血肉模糊的女人。然後開槍。在沙漠裡，他哭著下了車，將另一個女人一塊一塊地撿回車上。然後開槍。紐約的暗處，他行屍走肉地開著槍、開槍、開槍……

然後我撞見了甲蟲。

在似假又眞的追逐裡，他呆呆看著身旁的女人錯愕地嚥下最後一口氣。他一邊大叫，一邊對著一群不斷哭喊道歉的男人開槍。然後就是無法停止地開槍、開槍、開槍……

接著是面目模糊的喪屍。

他渾渾噩噩地看著鏡子裡扭曲的自己，只能一直開槍、開槍、開槍……

再來番茄出現了。

一個有著褐髮藍眼的女人冰冷地躺在門口，他沒有哭，只是靜靜地將她抱上床蓋上棉被。然後不知道朝誰開槍。他將紙箱打開，裡面有一個裸身刺滿髒話的女人。他沒有哭，他只是將紙箱闔上，然後完全不知道該朝誰開槍。於是他只好開槍、開槍、開槍……

搖搖晃晃的火魚也沒有缺席。

他打開一張報紙，報紙上躺滿了女人屍體，他不在乎，只是思念著一把顏色鮮豔的吉他，然後一直哭。他沒有開槍。他看著電視機裡的女人，他有一點高興。然後沒有開槍。他看著被槍指著的女人，他有一點高興。女人死了，他沒有開槍。最後他只好一直開槍、開槍、開槍……

黑白、甲蟲、喪屍、番茄、火魚。

五個人，十把槍。

他們沒有打招呼，全都背對著我。

就只是背對著我。他們從來沒有離開。

只是他們忽然消失了。

當然我不介意，更不在乎。

因爲我也消失了。

The End

殺手？火吉他(0)

好吧，故事總要有個開頭。

所以應該怎麼開頭呢？

我先介紹一下剛剛被我製造出來的慘狀吧哈哈。躺在撞球桌上的屍體甲是一個老是自稱我兄弟卻亂上我女人的王八蛋，躺在那個王八蛋下面的屍體是那個王八蛋的弟弟，在今天以前我還跟他一起出生入死了好幾次，但我完全不介意把他改造成一具見鬼了的屍體，反正舉手之勞。然後趴在門口的屍體叫什麼我忘記了，但他對我做過什麼事我可不敢忘記，所以我趁還有興致記仇的時候將他送去陰間再接再厲上死我的女人。

其實我眞不懂他們在想什麼，想上我的女人就說嘛，何必偷偷來呢？既然上了就上了，女人嘛，當然是拿出來跟兄弟分享，我這個女人還不是亂上來的哈哈哈！不過他們幹嘛上了我的女人，偏偏還怕被我知道，硬是把人家給亂宰了，這不是擺明了小看我的器量嗎？我會跟他們這些王八蛋計較誰偷偷上了我的女人這種雞毛小事嗎？說眞的，人生不過是吃喝玩樂嘻嘻哈哈嫖賭殺，哪有什麼好計較？尤其自己兄弟嘛。我今天會生這麼大的氣，純粹是因爲我很討厭這些王八蛋把我當作是那種小心眼的自私鬼，忍不住給他們一點點教訓。

說說這些可愛的王八蛋吧。

一年前……應該是一年前吧?當我在路邊忽然醒來的時候,覺得呼吸不太順暢,伸個懶腰竟然吐了一大口血,一低頭眞不得了,我的胸口見鬼了插了兩把刀,兩把刀耶!嚇都嚇死我了,幸好這幾個剛好經過的王八蛋手滑了一下,把我扛去黑市醫院動手術,才讓我起死回生,喂,我說的是起.死.回.生啊!活過來後我當然把他們當自己兄弟啊!唉,沒想到昨日的兄弟,今日的屍體,人生的變化實在是匪夷所思,就像一首被低能兒拿去瞎唱的經典搖滾樂。

話說回來我的女人也算是他們介紹的,那天眞的是超好笑,當我在舞池看到那個女人的時候啊……那個女人啊……那個女人……叫什麼名字呢到底?哈哈哈哈哈你看看我,我竟然連我的女人叫什麼名字都恍惚了,我前天都還叫著她的名字拚命上她呢我!

不過我想這一點也不打緊嘛,畢竟眞正重要的東西是不可能失去的!會失去的,都是一些不重要的東西嘛哈哈哈哈哈!

【幕後訪談】之「面對自己才能扭轉命運」

問：刀大好久不見！

答：嗯啊好久不見。

問：這次的殺手隔了比較久，是因爲籌備下一部電影的關係嗎？

答：可以這麼說吧。這一年來寫了下一部自己要當導演的電影劇本，也寫了一個很神秘的劇本大綱，學著當一部紀錄片電影的監製，也拍了價值四百多萬的……應該是台灣電影史上最昂貴的前導影片吧，近日就會公布。不過去年最主要還是以好好休息一陣子的心情爲主，畢竟一直宣傳電影的疲倦感讓我元氣大傷。幸好慢慢寫小說讓我找回我最喜歡的生活節奏。

問：所以會把重心轉移到電影的世界去嗎？

答：不會。

拍電影不管再怎麼開心，過程都很艱難，也因爲眞的太艱難了，一旦完成電影的成就感的確大於完成小說。寫小說很快樂，過程又很愉快，是我最喜歡的一件事，僅次於做愛。只要我完成下一個電影長片，我隨時都可以放棄當電影導演。但我會一直寫小說直到斷氣。

我希望我的墓誌銘上面寫著：「九把刀，一個偶爾會去拍電影的小說家」，大概是這樣的感覺吧。

問：那一部電影是拍什麼？

答：「那些年，我們一起追的女孩」是我的夢想，所以下一部電影，我想拍「大家的夢想」。「大家的夢想」當然也是我的小說改編，至於是哪一本小說暫時保密吧。或許大家買到這本書的時候我已經藉由前導影片的公布而不是個秘密，但現在，嗯，暫時保密好了哈哈哈。唯一可以透露的是，爲了方便，劇組內部作業時需要一個電影代號，我都暫時稱它爲「諾曼地計畫」。

問：還會是愛情小說的改編嗎？

答：「等一個人咖啡」正在改編中，今年會開拍電影。我是監製，不是導演，導演是一個很溫柔的好朋友，我相信他有能力將「等一個人咖啡」拍出思念的溫暖氣味。不過這不是諾曼地計畫。

問：那會是殺手嗎？

答：「殺手，價值連城的幸運」正在進行電影改編，至於這一本「殺手，迴光返照的命運」也正在架構劇本階段，今年都會開始拍攝。但我都不會自己當導演，我知道有更出色的導演比我更適合那張導演椅。不過我同樣會在監製的位置參與這兩個殺手故事的電影改編，希望有我的實際參與，可以讓電影更好看，我也可以學習到更多關於電影製作的細節。但這兩部殺手電影，都不是諾曼地計畫。

問：了解。

答：所以他媽的你終於可以問一些有關小說的問題了嗎？

問：好的，談談這次的殺手吧。火魚，好像也是個精神很不正常的傢伙？

答：嗯，我滿喜歡寫一些精神失控的角色，畢竟一個以奪取他人性命維生的職業，本身就是一種極端狀態，能夠長期從事這種職業的人多多少少都有點不正常……嗯，就跟作家一樣哈哈哈。

Mr. NeverDie就是一個典型的精神暴走者，而火魚則是為了不想面對自身的悲劇命運，只好將個性扭曲到自己都無法認同自己的樣子，卻也因此終於在精神上失控。

不過我寫Mr. NeverDie的故事是從他還是一個普通男人開始寫起，將他慢慢轉換心境的過程娓娓道來，最終才踏入瘋狂的領域。而火魚呢，從故事一開始他就是完全喪失記憶的狀態，所以我用了大量的內心話，讓讀者更清晰地知道火魚內心的混亂。

問：那貓胎人呢？他不也是一個精神病殺手嗎？

答：喔不，這我們討論過了，他媽的貓胎人是連環殺人魔，不是殺手。

殺手的世界講究一種很嚴密的精神價值聯繫，用三大法則跟三大職業道德將這份特殊工作的倫理感給表現出來，所以殺手有一種獨特的氣質，不論如何瘋狂，都有最後自我約束的底線，一種必須將職業精神凌駕於個人特質之上的覺悟。

貓胎人只有自身的慾望，沒有職業精神，他是殺人兇手，不是殺手。當初我大費周章寫貓胎人，就是想在這個殺手世界裡拉出這一條線讓讀者作比較。

而火魚，他在泰國擔任幫派專用的殺手時，並沒有收到蟬堡，這也是我拉出的另一條線。這條線作爲區分，大家可以想一想爲什麼。

問：在火魚的故事裡，他遇到了很多殺手，爲什麼會這麼設計？

答：我很喜歡JOJO冒險野郎系列的漫畫，裡面有一句話：「替身使者會吸引替身使者。」這個概念很有魅力，我想殺手之間應該也有一種特殊的磁性，將彼此連結在一起吧。不過這只是原因之一。

從以前我就很喜歡將不同的角色跨故事、甚至跨系列穿插，這已是我作品的一大特色，而且，我很想念以前寫出來的角色，比如鐵塊。老實說我並沒有把他們當作完全虛構出來的人物，他們都陪著我，看過生命裡不同階段的風景。我希望我的讀者也不要忘了他們。

我很願意承認我的濫情。

問：所以鐵塊是脫北者嗎？

答：是。這也解釋了他的沉默與剽悍。

問：所以G依然是最強的嗎？

答：沒錯。至少目前是這樣。我很喜歡我寫G的瀟灑不羈，對我來說強不是橫行霸道，而是與世無爭。在森林裡，只有山豬會跑去挑戰老虎，說要當森林之王，不會看到老虎特地跑去跟山豬單挑，來強調自己是森林之王。

問：所以到底什麼是槍神奧義？

答：抱歉，槍神奧義只有悟道者才知道答案。

問：話說在警政總署裡的那場群鬥，在《殺手，價值連城的幸運》裡你就寫過了，這次從另一個殺手的角度來寫同一場戲，是一年多前就想好了嗎？怎麼那麼沒梗？

答：剛好相反，是超有梗。當時我就做了一些設定讓一年、兩年後的自己使用。

問：鋪梗鋪得那麼長？怎麼記得住？

答：鋪梗是一件很有趣的事，記憶鋪了什麼梗不難，破解梗比較有挑戰性。這次的火魚故事裡同樣也埋下了一些線索，等待以後的我慢慢解開。這有點像是……我正在證明，現在的我可以呼應一年前或多年前的我對我的期待，而現在的我也期待，一年後或多年後的我會符合現在正在埋梗的我的期待，那就是，未來，永遠都要比過去，還要再厲害一點點。

問：好像繞口令喔，聽不懂耶！

答：智商低就多看幾次，多看幾次就會懂的，加油好嗎！

問：所以在火魚旁邊那位瘦高殺手是？

答：他就是傳說中的不夜橙。

問：傳說？不夜橙是傳說等級的嗎？在警政總署的「老茶任務」裡，火魚跟不夜橙聯手，卻輸給了阿樂、燕子與不知名老殺手的聯手，不就是說明火魚跟不夜橙比較遜嗎？

答：對我來說，在殺手的世界裡，任務永遠不是最重要的，那只是一份職業，一個工作，不是人生的全部。達成任務很棒，但任務失敗也沒什麼，G就對任務的失敗與否感到很隨緣，他反而比較在意自己的制約或風格。

又比如說阿樂，在警政總署外他其實同樣輸了任務，但他無所謂，因爲他這一生最希望的並非成爲一個絕頂高手，而是擁有一段美好的愛情。阿樂透過「老茶任務」的失敗來圓滿自己對愛情的期待，這不是更好嗎？

而火魚根本就是想藉著「老茶任務」毀滅自己的這一世，而老茶是他的記憶證據之一，同樣歸在必須一起毀滅之列，某種程度火魚反而算是辦到了，唉，他實在是一個非常可憐的人。

至於不夜橙，嗯，不夜橙的故事就留待他的故事裡慢慢去說吧。

總之，殺手的人生最燦爛一刻，都屬於自己，不屬於任務。世俗的成敗得失，不適合這些奇特的角色。我希望有一天我也能擁有這種想法。

問：阿樂與火魚似乎是一場命運的對決？

答：好像吧。在「老茶任務」裡，阿樂將運氣提升到極致，而火魚則是處於再度輪迴的悲傷臨界點，絕佳的運氣較量兇惡的命運，可以這麼說。

問：這次爲什麼採用第一人稱觀點去寫？

答：因爲火魚是一個口是心非的人，他表面超級唾棄這個世界，本質卻是一個很溫柔的人，他心愛的事物一直受到傷害，所以只好假裝蔑視這個世界，唯有如此才能避免自己痛苦。

火魚有很多令人煩悶的碎嘴，都是他彆扭至極的證明，我覺得第一人稱的寫法可以讓讀者直接聽見火魚很多的內心話，更直接感覺火魚連心裡的語言都在拚命自我疏離的無奈。

比如說，在跳跳死去的那晚，火魚待在旅館房間裡遲遲不肯離去，他推說是想看電視節目，實際上是想陪伴跳跳，而他說房間很熱於是隨手脫外套扔地上，其實他是不忍跳跳暴屍在地，火魚的外套正不偏不倚地蓋在跳跳的屍體上。

我想當初黑白並不是這麼彆扭的人，黑白還懂得愛，懂得痛苦，可到了火魚這一世，唉，一個在記憶上累積太多傷害的人，眞的很難討好——連自己都很難討好自己。當然了，也不想承認自己痛苦了。

問：但這中間產生了一個問題，那就是這篇小說來自什麼樣的紀錄？是火魚寫給自己的信，還是錄音？還是催眠出來的結果？因為火魚好像沒有機會也沒有意願留下任何紀錄吧。

答：你可以當作是純粹的小說形式，也可以當作是火魚的碎碎唸內心世界史，這部分可以暫時當作我不負責任地建立無紀錄可能的角色獨白。不過這個問題的真正答案，我會將它留給電影版本去告訴大家。我想很有意思。

問：火魚的確是一個很可憐的人，你想透過火魚的故事表達什麼？

答：大部分我想表達的東西，都透過藍調爵士的嘴巴說完了。

問：基於讀者的智商問題，我覺得你還是有必要更淺顯地解釋一下！

答：真是溫馨的提醒。我想，真的就是如此，「個性決定命運」，當你覺得事事不順，改名字，不如改個性吧。只有正視自己的缺點，努力與之對抗，才有機會在未來扭轉命運。光嘴砲，愛抱怨，是沒有用的，最後要承擔的業障一個都少不了。

問：火魚眞的有成爲搖滾歌手的才能嗎？

答：我也不知道。但我很確定，如果火魚只是將夢想放在心中，那麼夢想就只是一種不斷削弱自身力量的負成長，不去做，就不可能知道答案，一直不去做，就會累積越來越多不去做的理由，每一個理由聽起來都很有道理，但加起來就只有懦弱兩個字可以取代。我看過太多太多不斷找理由迴避戰鬥的人，那些人連失敗的資格都沒有。

問：你不害怕失敗嗎？

答：我非常害怕失敗，但還沒有怕到落荒而逃。

問：火魚最後是死了嗎？

答：嗯……以你的智商，這個問題我該怎麼回答呢？是的，火魚是死了，消失了。但他的故事並沒沒有因此結束。這個殺手的輪迴依舊持續下去。

問：這次的雇主很多都是女人，而且都是心理變態的女人，極盡踐踏男人之能事。請問你對女人有什麼不滿或偏見嗎？想趁機發洩什麼嗎？

答：沒有，也不敢。我周遭都是一些對我很好的女人。小說有自己的王國。

問：那個叫愛蓮娜的瘋女人是怎麼一回事？

答：以後還會出現就對了，畢竟我對寫瘋子一直有很獨特的興致，大家拭目以待。喔對了，我也很懷念小仙，原本我還想設定讓小仙出現跟火魚談一場恐怖的短暫戀愛，但我覺得火魚已經夠慘了，我實在不忍心再放任小仙糾纏火魚。

問：拜託不要。

答：好的。

問：這次你寫到一個沒有才能的作家，有什麼意思呢？是想特別鄙視誰嗎？

答：不敢鄙視誰哈哈哈，所以最後繞了一圈，讓那個作家稍微影射一下我自己，滿足一下鄉民每天都想噓爆我的熱切需求。其實創作的世界真的很有趣哈哈哈，說到幽默的寫法，把自己寫成一個王八蛋也是很讓我自溺的一招。

問：你在這次的故事裡，又寫到了泰利颱風。

答：對啊，泰利颱風串連起許多殺手的故事，這次還是必須寫。

問：那個刮風下雨的場景你寫不膩嗎？

答：我反而很推薦大家去看看「殺手，每件事都有它的代價」、「殺手，千金難買運氣好」、「殺手，夙興夜寐的犯罪」、「殺手，無與倫比的自由」裡面我是如何描寫同一場颱風肆虐的手法，每一次我都用不同的方式去寫，希望琢磨出更有意思的描述筆觸。有時候寫作就是因爲自己出古怪的題目困擾自己，才會越來越有意思。

問：無法十日還會多著墨嗎？

答：當然了，這麼理想的無法無天季節，一定會發生很多稀奇古怪的事。

問：最後有什麼想跟讀者說的嗎？

答：謝謝大家一直包容我的任性。

不管是眞的包容或假裝的包容，我都，很感謝大家。我會繼續努力。

殺手，迴光返照的命運／九把刀著. – 初版
– 臺北市：春天出版國際, 2013.02
面： 公分. –（九把刀電影院：16）
ISBN 978-986-6000-50-8（平裝）
857.7 102001379
國家圖書館出版品預行編目資料

殺手，迴光返照的命運

九把刀電影院 16

作　　者◎九把刀
作家經紀活動洽詢◎群星瑞智藝能有限公司（02-55565900）
總 編 輯◎莊宜勳
主　　編◎鍾靈
封面設計◎克里斯
排　　版◎浩瀚電腦排版股份有限公司

出 版 者◎春天出版國際文化有限公司
地　　址◎台北市信義路四段 458 號 3 樓
電　　話◎02-7718-0898
傳　　眞◎02-7718-2388
E-mail ◎frank.spring@msa.hinet.net
網　　址◎http://www.bookspring.com.tw
部 落 格◎http://blog.pixnet.net/bookspring
郵政帳號◎19705538
戶　　名◎春天出版國際文化有限公司
法律顧問◎蕭顯忠律師事務所
出版日期◎二〇一三年二月初版
定　　價◎260元

總 經 銷◎楨德圖書事業有限公司
地　　址◎新北市新店區復興路 45 號 3 樓
電　　話◎02-2219-2839
傳　　眞◎02-8667-2510

ISBN 978-986-6000-50-8
Printed in Taiwan